신라전설 독룡

ORIENTAL FANTASY STORY & ADVENTURE

시니어 신무협 장편소설

dream
books
드림북스

수라전설 독룡 6 수라의 송곳니

초판 1쇄 인쇄 2019년 4월 5일
초판 1쇄 발행 2019년 4월 19일

지은이 시니어
발행인 오영배
편집 편집부
일러스트 eunae
본문편집 오정인
제작 조하늬

펴낸 곳 (주)삼양출판사 · 드림북스
주소 서울시 강북구 도봉로 173
대표 전화 02-980-2112 **팩스** 02-983-0660
편집부 전화 02-987-9393 **팩스** 02-980-2115
블로그 blog.naver.com/dreambookss
출판등록 1999년 3월 11일 제9-00046호

ISBN 979-11-283-9454-6 (04810) / 979-11-283-9448-5 (세트)

드림북스는 (주)삼양출판사의 판타지 · 무협 문학 브랜드입니다.

수라전설 독룡

6

| 수라의 송곳니 |

시니어 신무협 장편소설

ORIENTAL FANTASY STORY & ADVENTURE

dream
books
드림북스

목 차

第一章
덫

"독을 이미 썼다고?"

제갈연은 진자강을 비웃었다.

"허풍은. 내 연검의 일초도 보지 못한 주제에 나한테 하독을 했다고? 그걸 믿으란 말야?"

진자강은 대답하지 않았다.

말은 못 믿겠다고 했으나 제갈연은 갑자기 불안해졌다.

이미 반하와 이당에 중독되어 속이 불편했던 게 바로 조금 전이었지 않은가!

드러나지 않게 숨은 독기를 찾아내려면 몸에 힘을 풀고 내공을 사지백해(四肢百骸)로 퍼뜨려 감지해 보아야 했다.

하나 싸우는 와중에 완전히 무방비 상대로 그리할 수는 없는 노릇이다.

진자강이 말없이 자신을 바라보는 것이 꼭 그때를 기다리는 것만 같아서 제갈연은 함부로 공력을 풀지 못했다.

그런데 돌연.

주르륵.

제갈연의 코에서 코피가 흘러내렸다.

"어?"

제갈연은 눈에 띄게 당황했다.

급히 공력 중의 일부 내공을 체내로 돌리면서 독기에 저항하려 해 보았으나 상황은 더 악화되었다. 독이 더 올라서 얼굴에 핏기가 사라지며 눈가가 푸르스름해졌다.

"어, 언제!"

한참 전부터 내공을 잔뜩 끌어올리고 있었는데 아무 낌새도 없이 중독되었다니!

제갈연은 놀라서 진자강을 쳐다보았다.

진자강은 가타부타 말이 없었으나 속으로는 다소 착잡한 심정이었다.

'역시나.'

예상대로였다.

제갈연에게는 하독했다 말하였으나 사실 이것은 진자강

이 한 일이 아니다.

조금 전 진자강이 전혀 손을 쓰지 않았음에도 무사들은 진자강을 공격하려다 피를 뿜으며 물러났다. 지금은 이미 대부분 쓰러진 상태다.

반하와 이당으로 인한 효과는 사라져 버리고도 남았을 시간.

아니, 애초에 반하와 이당으로는 이 정도의 심한 증상을 낼 수도 없다. 반하와 이당은 말 그대로 불편하게 만들 정도의 효과밖에는 없다.

하면 제갈가 무인들이 피를 토하며 쓰러진 이유가 무엇이겠는가.

그것은…… 진자강이 아닌 다른 자가 제갈가 무인들에게 손을 썼다는 것이다.

＊　　　＊　　　＊

운남의 모처.

망료는 후원(後園)의 정자에 앉아 은박이 입혀진 환단 한 알을 손바닥에 놓고 이리저리 굴려 보고 있었다.

제갈연과 신융들이 입에 머금었던 피독단이다.

망료가 물었다.

"저번과 똑같은데 이번엔 뭐가 달라졌다는 거지?"

정자 아래에 선 복면인이 대답했다.

"안의 재료가 변경됐습니다. 따라서 이번 것은 내공을 쓰면 쓸수록 독이 몸 안에 진득하게 눌어붙는 효과가 있습니다. 일단 각혈(咯血)을 시작하고 나면 허파에 피가 차 죽을 때까지 토혈을 멈추지 못합니다."

"겉 부분은 여전히 피독제로 만들어졌고?"

"그렇습니다. 입에 물면 강력한 피독제의 효과를 내다가 겉이 침에 녹으면서 안쪽에 진짜 독이 나타납니다. 반을 잘라 보아도 겉보기에는 똑같습니다."

망료는 환단을 반으로 쪼개보았다. 복면인의 말처럼 안쪽이 겉과 별반 다를 바가 없었다.

"겉이 피독제인데 안쪽에 독이 있으면 서로 영향을 받아서 효과가 줄거나 하지는 않나?"

"그 비법이 이 오도절명단(五倒絕命丹)의 핵심이라고 어르신께서 말씀하셨습니다. 피독제가 다른 독은 물려 내되 안쪽의 독과는 상충되지 않고, 오히려 둘이 한데 어우러져 더 강한 독성을 갖게 된다고 하셨습니다."

"껄껄! 그렇군. 오도절명단이라……."

"간심비폐신(肝心脾肺腎)의 오장(五臟) 모두를 상하게 만드는 독이란 뜻이지요."

"한데 이번엔 겉에다 은박을 입혀 놨군그래."

"은박이 붙어 있으니 더더욱 그 안에 독이 들어 있을 거라고는 예상하기 힘들 것입니다."

"에이, 붙이려면 다른 환단들처럼 금박을 붙여 놔야지. 왜 굳이 튀어 보이게 은박을 써. 이런 사소한 데에서 오히려 의심을 살 수 있는 법이라네."

"그렇게 전해 드리겠습니다."

"아냐아냐, 그럴 것까지야. 뭐, 그냥 소소한 내 의견일 뿐일세. 내가 너무 모난 말을 하면 어르신 눈 밖에 날 수도 있잖은가."

망료는 환단을 부스러뜨려서 정자 옆에 있는 연못에 던졌다. 잉어들이 먹이인 줄 알고 몰려들어 환단을 먹었다.

얼마 지나지 않아 연못의 잉어 수십 마리가 배를 드러내며 수면 위에 떠올랐다.

망료가 인상을 썼다.

"생각보다 반응이 조금 늦는데? 혹여 독성이 떨어지는 것 아닌가?"

"아직은 연구 단계이기 때문에 효과가 다소 불안정합니다만, 그래도 점점 좋아질 것입니다. 제갈가의 것들에게 시험해 보기엔 딱 어울리지요."

"아무리 그래도 효과가 확실해야지. 어긋나면 뒤처리가

곤란하다네. 내 입장도 난처해지고."

"만일의 사태에 대한 대비는 되어 있습니다. 너무 걱정 마십시오."

"알겠네."

껄껄 웃은 망료가 죽은 잉어들을 보며 말했다.

"뭐. 그럼…… 효과는 점점 나아질 것으로 믿고. 중요한 건 수량인데."

아무리 독성이 좋아도 한두 알밖에 만들지 못한다면 효용 가치가 없다.

"말씀드린 것처럼 대량양산이 가능하도록 재료를 바꾸고 있습니다. 독성이 다소 부족했던 것만 개선되면 수량은 문제가 없을 것입니다."

"알겠네. 내가 너무 오지랖을 부렸군. 어르신께 안부 잘 전해 주시게."

"알겠습니다. 그럼."

복면인은 가볍게 목례를 하고 뒷걸음으로 물러나서 사라졌다.

"이제 드디어 재밌는 광경을 볼 때가 됐는가?"

중얼거리던 망료가 갑자기 자리에서 일어났다.

"이럴 줄 알았으면 영약이라도 하나 해 주고 올 걸 그랬어! 혈도 타통 정도로는 아무래도 아쉽지 않은가 말이야.

아아, 나도 참 너무 소인배처럼 굴었잖나. 쯧쯧.”

하지만 자책하는 목소리와 달리 얼굴은 감흥에 차서 웃고 있었다.

“아니지, 이 정도 해 줬으면 됐지. 사람은 자립심이 있어야 큰 인물이 되는 법이야!”

*   *   *

“죽여 버리겠어!”

제갈연이 이를 갈면서 내공을 있는 대로 끌어 올려 진자강에게 달려들었다.

촤라라락!

연검이 수십 갈래로 갈라지며 제갈연의 전면에 만개한 칼날의 꽃을 피웠다. 아까는 진자강을 농락하며 가지고 노는 듯한 느낌이었으나 이번에는 칼날마다 살기가 짙게 배어 있다.

진자강은 조금 전 제갈연의 연검을 경험했다.

내공이 실린 오른쪽 눈으로 봐도 너무 빨라서 칼날이 희끗희끗할 정도다. 기실 제대로 보인다고 해도 진자강의 몸놀림으로는 도저히 연검의 빠르기를 따라잡을 수가 없다.

그래서 이해했다.

여의선랑 단령경이 분수전탄을 알려 준 이유를.

연검의 유효 범위 내에서는 절대로 제갈연을 공격할 수 없으니까 그 거리 밖에서 공격하는 수밖에 없는 것이다.

진자강은 한 모금의 호흡으로 기를 빨아들여 내공을 일으켰다. 한 줄기 내공이 기혈을 빠르게 흘렀다. 기혈에 잠들어 있던 화정단심환의 굳은 파편들이 휘말려 함께 돌면서 점점 더 커다란 덩어리가 되어 갔다.

훤히 열린 우반신의 널따란 기혈을 따라 돌면서 눈덩이가 불어나듯 파편들을 흡수해 덩치를 키워 가기 시작한다.

툭 툭.

약해진 혈도 곳곳이 격한 흐름을 이기지 못하고 파열음을 냈다. 사나운 맹수가 고삐도 없이 날뛰는 꼴이다.

진자강은 단전을 열어서 반 광층의 독기를 풀어냈다. 진자강의 의지에 따라 움직일 수 있는 독기가 고삐가 되어 내공과 파편들을 규합했다.

이제 맹수가 진자강의 의지대로 달리기 시작한다.

진자강은 고삐를 틀어 맹수를 분수전탄의 내공 운용법대로 인도했다.

팽팽 돌던 내공들의 앞을 갑자기 틀어막았다가 한순간에 놓아 냈다.

사선으로 찌르는 듯 발출된 지풍이 흩날리는 연검의 사이를 관통하고 들어갔다.

제갈연의 눈이 휘둥그레졌다.

비익검은 오른손을 최대한 뻗어서 연검을 채찍처럼 길게 늘여 쓰는 연검술이다. 일반적인 검술보다 두 치나 더 긴 공격 거리를 확보할 수 있다.

그런데 진자강이 몸을 낮췄다가 손을 드는 순간 자신의 어깨에 가려져 진자강의 손 움직임이 보이지 않게 됐다. 그러면서 사각에서 갑자기 지풍이 뚫고 들어왔다.

팍!

제갈연의 오른쪽 겨드랑이 극천혈에 지풍이 적중했다. 순식간에 독기가 침투하며 팔의 감각이 사라졌다.

"크윽! 어, 어떻게……!"

공격 거리를 두 치 늘이기 위해 어깨를 앞으로 내밀어야 하는 비익검의 유일한 사각. 그것을 상대가 어떻게 알고 있단 말인가!

제갈연이 공격을 하다 말고 주춤거리자, 진자강은 무사들이 놓친 칼을 주워 들었다.

다시 한 모금의 내공을 체내에서 돌리려 했지만 고통이 너무 심해 제대로 일으켜지지 않았다. 우반신은 혈도 일부가 손상되어 불이 붙은 듯 화끈거린다.

그러나 공격의 기회를 놓칠 순 없었다.

보삼문의 도법 대갈호기!

진자강은 남은 힘을 끌어모아 칼을 휘둘렀다. 제갈연도 이를 악문 채 다시 한 번 비익검을 펼쳤다.

카라라라랑!

연검과 진자강의 칼이 부딪치며 심한 불꽃이 튀었다. 내공의 깊이와 운용의 차이로 제갈연의 연검은 멀쩡한 데 비해 진자강의 칼은 이가 나가서 앞뒤가 모두 톱니처럼 삐죽거렸고 끝은 잘려 나가기까지 했다.

진자강은 칼을 놓치고 뒷걸음질을 쳤다. 손아귀가 찢어질 정도로 울림이 심했다.

하지만 제갈연도 팔이 마비되어 연검을 놓치고 말았다. 중독된 채 무리하게 움직인 결과로 제갈연은 상당한 충격을 받았다.

"우악!"

제갈연이 피를 토했다. 제갈연이 필사적으로 신융을 불렀다.

"신융!"

신융이 제갈연의 앞으로 튀어나와 진자강의 사이를 가로막았다.

그러나 신융마저도 안색이 좋지 않다.

"신융! 너도 중독됐어!"

"예."

제갈연이 이를 갈면서 부르짖었다.

"말도 안 돼! 어떻게 이런 자에게? 피독단도 듣지 않는단 말이냐! 우욱!"

제갈연은 신융이 막아 주는 사이 독을 몰아내기 위해서 내공을 극대로 끌어 올렸다. 하나 진기가 끈적끈적하게 엉키면서 제대로 순환이 되지 않고 오히려 독성만 심해지고 말았다.

거기에 진자강이 쏜 지풍을 맞아 끼무릇의 독성이 더해졌다.

"내, 내공을 일으키면 더 심해지는 독……!"

제갈연은 신융의 등을 붙들고 더 심하게 피를 토했다.

울컥, 울컥.

입에서 뿜어진 뻘건 피에 푸른 기가 섞여 있었다.

이제까지 경험해 보지 못한 극한의 맹독.

제갈연은 신음을 지르면서 무릎을 꿇었다.

진자강은 피와 땀으로 범벅이 되어 신융을 쳐다보았다.

신융은 급히 품에서 목갑을 꺼내 그 안에 있는 환약을 제갈연에게 먹였다.

그러곤 돌아섰는데 뜻밖에도 검을 뽑지 않았다.

진자강이 이 빠진 칼을 치켜드니 오히려 맨손바닥을 앞으로 내밀었다.

"잠깐."

"무슨 뜻입니까."

"나와 소주를 이대로 보내 줄 수 없겠는가."

진자강으로서도 당황스럽기까지 한 제안이었다.

"나를 포기하고 돌아가겠다는 말입니까."

"그렇다."

"이해가 되지 않습니다만."

"내 최우선의 임무는 소주의 목숨을 보존하는 것이지, 너를 죽이는 게 아니다."

"하지만 내 상태가 지금보다 더 좋지 않으면 나를 죽였겠지요."

"부인하지 않겠다."

"내가 당신들을 살려 둠으로써 후환을 남겨 놔야 할까요?"

"너를 노리는 건 우리뿐만이 아니다. 머잖아 더 많은 수가 너를 찾으러 올 것이다. 우리를 죽이는 데에 드는 수고와 피해를 감수할 이유가 없다고 본다. 특히나 제갈가와 척을 지고 싶지 않다면."

마지막 말이 진자강의 심기를 건드렸다. 진자강은 신융의 말에 비릿한 미소를 지었다.

"나를 먼저 죽이려 해 놓고 자신들이 죽는다면 가문이 복수한다 이겁니까?"

아니, 잠깐?

진자강의 눈이 급격히 커졌다.

등줄기에 소름이 돋았다.

신융의 말에서 미처 생각하지 못했던 부분을 깨달았다.

이들이 죽으면 제갈가가 복수에 나선다!

제갈가의 무인들이 죽게 된다면 어떻게 되겠는가?

제갈가는 가진 모든 힘을 써서라도, 아는 인맥을 총동원 해서라도 진자강을 잡으려 들 것이다.

진자강은 억울한 누명을 쓰고 쫓기게 될 것이다!

더 무서운 것은 이번이 처음이 아니라는 점이었다.

석림방 장원이 있던 마을의 주민들이 학살당했고, 암부의 인근 주민들도 원인 모를 죽음을 맞았다.

오조문의 추사진도 진자강이 살해한 것처럼 포장되어 죽었고, 심지어 독곡에서는 정파의 무인들이 모조리 살육당했다.

그리고 이번엔 제갈가까지.

계속해서 벌어지는 일련의 사건들은 마치 누군가가 진자강을 사지(死地)로 밀어 넣는 것 같은 정황이었다.

이것은 마치 발버둥 칠수록 점점 옭아매어 오는 거미줄과 같지 않은가?

'어째서 이렇게까지!'

누군가 자신을 이용한다고만 생각했었는데, 단순히 그 정도가 아니었다. 지독한 원한이라도 품은 것처럼 지독하게 덫을 놓고 있었다.

진자강은 도무지 이해가 되지 않았다.

—고…… 생했다…….

단서라고는 환청인지 아닌지도 알 수 없는 희미한 목소리뿐.

그렇다면 저들을 이대로 보내 주어야 하나?

아니.

진자강은 그렇게 생각하지 않았다. 저들을 돌려보내면 아무것도 남지 않게 된다.

자신의 생각이 맞다면, 설사 저들을 보내 준다 해도 저들은 무사히 살아 돌아갈 수 없을 것이다.

잠시 생각하던 진자강은 결정을 내렸다.

심호흡을 하고 내공을 일으켰다. 내공이 돌기 시작하자 오른쪽 눈이 불타는 듯 뜨거워지고 오른쪽 어깨와 가슴, 복부와 다리를 송곳으로 후벼 파는 듯한 고통이 찾아왔다.

툭 툭.

이미 조금 전 분수전탄과 대갈호기를 무리하게 사용한 탓에 핏줄기가 터져 실피가 새어 나왔다.

신융의 표정이 어두워졌다.

진자강의 오른발 아래에서부터 흙모래가 약하게 소용돌이치고 있었다. 옷이 바람에 나부끼듯 흔들려 댄다.

내공을 일으키고 있다는 걸 알 수 있었다.

신융은 튀어나오는 핏물을 연신 삼키고 있었지만 이미 독은 막을 수 없을 정도까지 퍼져 있었다.

"보내 주지 않을 작정이로군."

"상황이 바뀌었습니다."

"내가 말을 실수했나?"

"어떤 면으로는."

"그 몸으로 싸우겠단 말인가?"

"불리한 건 제가 아닌 것 같습니다만."

신융은 제갈연을 보호하기 위해서 움직일 수가 없다. 진자강을 단숨에 제압할 수 없다면 오히려 공격을 막기만 해야 한다.

신융은 검을 들었다. 내공을 쓸수록 독의 발발이 심해진다는 건 이미 알고 있었다.

'일 검에 승부를 걸지 않으면.'

그러나 진자강이 신융을 향해 손가락을 들었다.

분수전탄!

신용의 표정이 굳었다. 하필이면 지풍이라니.

이러면 자신이 앞으로 튀어 나갈 수가 없다.

그러나 신용만큼이나 진자강의 얼굴 역시 고통으로 잔뜩 일그러져 있었다.

끼무릇의 나머지 반 광충 독이 풀려 나와 분수전탄의 내공 운용법대로 우반신을 돌았다. 호흡을 멈춰서 내공의 움직임을 막아 부풀렸다가 단숨에 발출했다.

슈학!

신용의 눈이 크게 떠졌다.

하나 위력은 몰라도 궤도가 단순했다.

'한 번 쓴 수법을 다시 사용하려 하다니!'

비익검에는 상성인지 몰라도 신용의 눈에는 지풍의 궤도가 훤히 보인다.

신용은 검기를 끌어 올려 검으로 지풍을 쳐 냈다.

그 순간 지풍의 각도가 미묘하게 휘었다.

진자강이 비선십이지의 묘리를 분수전탄의 운용법에 섞은 것이다.

'아차!'

신용은 등줄기가 축축해졌다.

피하자면 피할 수도 있었다. 그러나 뒤에 제갈연이 있다.

신융은 자신의 어깨로 진자강의 지풍을 막았다.

퍽!

지풍에 실린 독기가 삽시간에 신융의 몸에 퍼졌다. 신융은 어깨 주위를 점혈해서 독기의 확산을 막았다.

그러나 그 이상 손을 쓸 도리가 없었다. 지풍에 실린 독기 말고도 이미 내부를 잠식하고 있는 독 때문에 서 있는 것조차 고작이었다.

신융은 힘껏 땅에 검을 박아 넣었다. 그러곤 마지막 힘을 다해 발끝에 내공을 실어 검면을 찼다.

쩡!

검이 깨지면서 날카로운 검날이 진자강에게 날아갔다. 진자강이 뒤늦게 몸을 비틀었다. 검편(劍片)은 진자강의 허벅지를 긁고 지나갔다.

그것이 신융이 마지막으로 펼친 한 수였다. 그러나 중독이 너무 심해 생각한 것의 반도 채 위력을 내지 못하고 말았다.

"후……."

신융은 가볍게 한숨을 토했다.

"죄송합니다…… 소주."

울컥.

신융도 곧 피를 뿜으면서 쓰러졌다.

진자강은 비틀거리다가 겨우 제대로 섰다.

"으윽, 으으윽!"

우반신이 통째로 뜯겨져 나가는 것처럼 고통스러웠다. 이 한 수로 신융이 쓰러지지 않았다면 죽게 되는 건 자신이었을 터였다.

진자강은 이를 악물고 고통을 참아 냈다. 온몸에 땀이 배고, 새어 나온 피가 흘러내렸다. 오른손과 오른발이 저릿거렸다.

진자강은 고통스러운 얼굴로 장내를 돌아보았다.

무공이 약한 무사들은 이미 싸늘한 시체가 되어 있었다.

통증이 가라앉을 때까지 쉴 여유가 없었다. 진자강은 고통을 참고 움직여 제갈연과 신융의 맥을 짚었다.

워낙 기식이 엄엄하여 빨리 손을 쓰지 않으면 금방이라도 숨이 넘어갈 것 같았다. 외상은 거의 없는데 입과 코에선 연신 피가 흘러나왔다.

극심한 독이었다. 장씨 때처럼 진자강이 해독시킬 수 있는 수준이 아니었다.

'숨만이라도 붙여 놓아야 한다.'

아직까지 죽지 않았으니 살 가능성은 있다.

진자강은 고통스러운 몸을 이끌고 억지로 움직였다.

둘이 피를 토하다가 숨이 막히지 않도록 고개를 돌려 놓고 황톳물을 가져다 먹였다.

조금 시간이 지나자 제갈연과 신용은 정신이 없는 상태에서도 엄청난 양의 핏덩어리를 토했다.

이어 호두의 잎과 분심목으로 끓여 낸 물을 마시게 해 속을 진정시키고, 자금정을 먹였다. 제대로 된 약재로 만든 자금정이라 당분간 상태가 악화되는 정도를 늦춰 줄 수 있을 것이다.

일단 급한 불을 끄자, 진자강은 제갈연과 신용의 품을 뒤졌다.

돈주머니와 가죽 주머니 하나가 나왔다. 가죽 주머니를 열어 보니 종이로 싼 가루약들과 고약처럼 생긴 외상약이 들어 있었다.

제갈가의 영애이니 허술한 약을 가지고 다닐 리 없다.

진자강은 하나씩 맛을 봤다. 역시나 하나같이 최상의 약재로 만든 것임을 알 수 있었다.

그중에서 작은 목갑에 든 길쭉한 환은 범상치 않은 향이 났다. 아까 신용이 제갈연에게 먹인 환약이다.

환약 끝에 빨간 점이 찍힌 걸 보니 제갈가의 영약 나령환 (拿靈丸)임에 분명했다.

강호에서 손꼽는 문파와 세가에는 비전으로 전해지는 영단들이 있었다. 진자강도 그에 대해서 들은 바가 있었다.

진자강은 하나 남은 나령환을 신융에게 먹였다.

그러곤 무사들의 품까지 뒤졌다. 무사들에게서는 고약과 말린 육포 따위밖에 나오지 않았다.

"아까 머금었던 피독단은 없군."

은박이 붙은 환단인 것으로 기억하고 있는데, 아무리 찾아봐도 없었다.

한 명이 한 알씩만 소지했던 모양이었다.

진자강은 잠시 생각하다가 일어섰다.

제갈연과 신융은 여전히 피를 흘리고 있었지만 아까보다는 나아 보였다.

겨우 급한 고비만은 넘긴 모양이었다.

"당신들은 아직 죽어선 안 됩니다."

진자강의 눈에 분노가 어렸다.

"아무래도 어떤 자가 나를 미끼로 쓰고 싶어 하는지 알아내야겠습니다."

*　　*　　*

장씨 부인과 랑랑은 멀리 달아나지 않았다.

장씨를 두고 자신들끼리만 달아날 수 없어서였을 것이다.

덕분에 진자강은 가까운 곳에서 그들을 찾아낼 수 있었다.

얼마 지나지 않아 수점산을 먹은 장씨도 정신을 차렸기 때문에 진자강은 집 안에서 셋을 불러 얘기를 했다.

장씨는 파리한 안색으로 부인과 랑랑에게 부축을 받으며 진자강을 보았다.

"우리와 같이 갈 수는 없는 거냐."

"저는 못 갑니다."

"네가 과거에 어떤 사람이었든 그거 별로 중요하지 않아. 내가 본 넌 절대 함부로 사람을 죽이고 그럴 정도로 나쁜 짓을 할 녀석이 아냐."

"말씀은 고맙습니다만……."

그게 제가 한 일이 맞습니다, 라는 말은 차마 하지 못한 진자강이었다.

장씨가 다시 설득했다.

"함께 가자. 산속 깊은 곳에 숨어서 밭이나 갈고 살면 아무 일도 없을 거다."

"저는……."

진자강도 그러고 싶다는 말이 목까지 치밀어 올랐다.

진자강이라고 이들과 함께 평범한 삶을 살고 싶지 않겠는가.

하지만 이미 진자강은 수라의 길에 들어서 있다. 앞으로도 피와 죽음이 가득한 길만이 진자강을 반기게 될 것이다.

그 길에 따스한 온정과 평범한 삶은 어울리지 않는다.

진자강은 억지로 웃었다.

"저는 해야 할 일이 남았습니다. 끝나면 따라갈게요."

장씨는 진자강을 말릴 수 없음을 알았다.

"몸이 좋아지면 우리는 광동으로 가서 살 거다. 해남도
가 보이는 해안가에서……."

잠시 말을 끊었던 장씨가 진자강을 보며 힘들게 말을 이
었다.

"꼭…… 다시 보게 됐으면 좋겠구나."

"광동. 기억하겠습니다. 언젠가는 저도 그곳에 갈 수 있
기를……."

랑랑이 진자강의 피 묻은 얼굴을 수건으로 닦아 주었다.
큰 눈에 눈물이 글썽였다.

진자강은 랑랑에게 살짝 웃어 주었다.

그러곤 장씨와 부인을 보며 말했다.

"제가 저들을 데리고 떠나면 반 시진 후에 반대 방향으
로 가세요."

장씨는 몇 번이나 진자강의 손을 잡고 아쉬워했다.

진자강은 고개를 끄덕였다.

마지막 남은 일상과의 연이 이 순간 끊어지고 있었다.

　　　　　　*　　　*　　　*

　진자강은 우물에 몸을 씻었다.

　제갈연의 연검에 베인 상처가 쓰라렸다.

　물에 닿자 다시 피가 배어 나왔다. 검기에 베인 게 아니라면 며칠 내에 어차피 나을 것이다.

　문제는 내상이다.

　망가진 혈도가 욱씬거리고 있고, 철저에 꿰뚫린 뼈는 여전히 붙지 않았다.

　엉망진창.

　그러나 아직도 쉴 수가 없다.

　예상대로라면 조만간 진자강은 다시 한 번의 싸움을 치러야 한다.

　진자강은 광을 뒤져 들것을 만들었다.

　들고 가기 위한 용도가 아니라 끌고 가기 위한 용도다. 장씨가 목수인 탓에 자재는 충분히 있었다.

　대나무 장대 세 개에 짚 끈을 띠처럼 얽어서 제갈연과 신웅을 눕혔다.

　거기에 필요한 것들을 챙겨 그 위에 올리고는, 들것을 끌고 산 쪽으로 올라갔다.

　덜그럭덜그럭.

제대로 쉬지 못한 탓에 온몸에서 통증이 느껴졌으나 진자강은 한 걸음 한 걸음 천천히 들것을 끌고 올랐다.

반나절을 걸어 올랐다. 몸은 땀으로 젖었고 아물지 않은 상처에서는 피가 흘러나왔다.

그동안 산을 오가면서 봐 둔 자연 동굴이 앞에 보였다.

진자강은 동굴 안쪽에 두 사람을 데려다 눕혔다.

이어 자루를 들고 밖으로 나와 동굴이 내려다보이는 등성이까지 올라갔다. 그러고는 그제야 자리를 잡고 앉아 쉬었다.

지금쯤 장씨 가족은 집을 떠났을 것이다. 부디 안전하게 달아날 수 있기만을 바랄 뿐이었다.

진자강은 주위를 돌아보다가 여기저기 자라 있는 익모초를 한 줌 뜯었다. 익모초는 어혈과 통증을 풀어 주는 효과가 있는 풀이다.

어떤 잡풀이든 각각의 효용이 있고 약효가 있다. 혹은 독성도.

익모초 옆에 자라 있는 민들레나 할미꽃도 흔한 풀이지만 약으로도, 독으로도 쓸 수 있다.

쓰기에 따라 무엇이든 약이 되고 독이 된다.

진자강은 동굴 쪽을 바라보면서 익모초를 잘근잘근 씹었다.

몸을 빨리 회복시켜서 다시 독을 씹어야 한다.

이번엔 어떤 독을 써야 할까.

어떻게 사용해야 상대를 제압할 수 있을까.

언제나 그랬듯.

지금 할 수 있는 모든 걸 준비해야 이번에도 살아남을 수 있을 것이다.

＊　　＊　　＊

"쿨럭, 컥, 컥!"

신융은 핏물 때문에 목이 꽉 잠긴 듯 답답함을 느끼며 깨어났다.

축축하고 어두운 동굴 안. 벽에 기대어 앉아 있는 채였다.

옆에는 제갈연이 누워 있었다.

"소, 소주……."

신융은 움직이려다가 끔찍한 고통을 느끼고 배를 붙들었다. 내장이 끊어지는 듯 아파 왔다. 단전은 예상대로 엉망이 되어 있었다. 내공을 거의 쓸 수 없을 정도로 망가졌다.

현기증이 밀려와 정신이 혼미해졌다.

"우욱!"

구역질을 하자 손톱만 한 크기의 시커먼 핏덩이들이 튀어나왔다.

"헉헉……."

"이틀 됐습니다."

갑자기 들려온 목소리에 푹 꺼진 눈으로 고개를 들어 보니 진자강이 보였다.

진자강은 입에 풀 한 줄기를 물고 손에 잔뜩 약초를 들고 들어오는 중이었다.

진자강이 신융의 앞에 약초들을 내려놓았다.

"씹으면 고통이 좀 줄어들 겁니다."

신융은 손도 대지 않았다.

"소주는……."

"살아 있습니다. 아직은."

"왜…… 죽이지 않았지?"

"당신들을 중독시킨 건 내가 아닙니다."

신융은 진자강이 이 상황에서도 자꾸만 얼토당토않은 얘기를 한다고 생각했다.

"우습군. 사갈독왕이 독을 쓰지 않았다고 부인하면 그걸 믿을 거라고……."

"나는 당신들이 무슨 독에 중독됐는지 모릅니다. 그래서 당신들을 살릴 작정입니다."

"말도 안 되는 소리를!"

신융은 이를 갈며 진자강을 노려보다가 문득 진자강이 하는 말의 의미를 이해했다.

"설마…… 다른 자가 나와 소주를 죽이려 했다는 뜻이냐?"

진자강은 대답하지 않았지만 신융은 그것이 충분히 수긍의 의미라는 걸 알아들을 수 있었다.

"왜?"

"그걸 알아보려고 기다린 겁니다."

"우리를 노린다고? 누가 감히 제갈가의 사람을 노릴 수 있단 말인가!"

신융은 분노 때문에 목소리까지 떨렸다. 하나 소리를 지른 후에는 기침을 하며 피를 토했다.

"쿨럭쿨럭!"

안타까운 일이나 그것은 진자강이 대답해 줄 수 있는 부분이 아니었다.

"당신이 깨어났으니 나는 지금부터 마을로 내려갈 생각입니다. 의원을 부를까 합니다."

한 번 더 피를 토한 신융이 어이가 없어 되물었다.

"의원을 불러 주겠다는 것은…… 쿨럭쿨럭."

"운이 좋으면 마을의 누군가가 나를 보게 되고, 그러면 제갈가에 연락이 닿아 당신들이 살 수 있을지도 모르겠습니다. 그렇지 않더라도 의원이 오면 당신들은 훨씬 살 가능성이 커질 겁니다."

마을마다 감시자들이 퍼져 있으니 당연히 그렇게 되긴 할 것이다.

하나 신융은 다른 생각을 하고 있었다.

만약 누군가 자신들을 죽이려고 작정한 자들이 있다면 진자강이 의원을 불러오도록 내버려 둘 리 없다.

필시 그 전에 어떻게든 정리를 하려 들 것이 뻔하지 않은가.

"우리를 이대로 내버려 둔 채 말인가?"

"내버려 두지는 않을 겁니다."

"나는 아무래도 괜찮다. 하나 소주만은……."

진자강은 신융의 앞에 제갈가 무사들이 가지고 있던 칼 한 자루를 내려놓았다.

"이게 뭐냐?"

"제가 떠나고 나면 스스로 알아서 하셔야 할 겁니다."

단호하게 잘라 내는 진자강의 말에 신융은 이를 악물었다.

"넌 도대체…… 뭐지? 뭐기에 이렇게 어이없는 짓을 하고 있는 거지?"

"이미 말했습니다. 백화절곡의 후예라고."

몇 번이나 들었던 대답이다.

"이해가 안 된다. 너 같은 하수가 어떻게 이런 일에 얽혀 있는지. 독문에서 어떻게 그만한 짓을 했을 수가 있는지!

독문이 아무리 엉망이라도 네게 죽었다는 건 말이 안 돼."

"당신들의 기준대로라면, 나는 이제껏 나보다 약한 적과 싸운 적이 없습니다."

신융은 고통 때문에 이를 꽉 물고 말을 이었다.

"그 실력으로라면 독곡은 고사하고 암부에서조차 죽었어도 백번은 죽고도 남았을 것이다."

"당연히 운도 따라 줬습니다. 하지만 운이 따라 줬음에도 나는 매번 목숨을 걸어야 했습니다. 나 자신을 한계까지 몰아붙여야 겨우 상대를 죽이고 살아남을 수 있었죠."

"비겁하게 음식에 독을 타거나 해서 죽인 건 아닌가?"

진자강이 신융을 빤히 바라보았다.

"그럼 안 됩니까?"

"뭐?"

진자강이 얼떨떨해하는 신융을 보며 말했다.

"강함과 약함이 무공으로만 나뉘는 건 무림에서의 기준일 뿐 아닙니까?"

"무슨 궤변이냐."

"나는 무인이거나 강호인이기 이전에 원수들과 죽이고 죽어야 하는 적의 관계였습니다. 내가 살아남은 것 이외에 더 강함을 증명해야 할 필요가 있습니까?"

신용은 묵묵히 진자강을 쳐다보았다.

진자강의 말을 인정할 수밖에 없었다.

무공으로는 제갈연과 자신이 진자강보다 몇 배나 강했지만 지금도, 잠시 후에도 온전하게 서 있을 수 있는 건 진자강뿐인 것이다.

그것이 비록 자신이 누군가의 계략에 빠져서든 아니든 말이다.

이번에는 진자강이 물어보았다.

"당신들은 스스로 강하다고 생각했습니까?"

"무슨 뜻이냐?"

"내가 독곡과 암부를 전멸시킬 정도라고 생각했다면서, 겨우 이 인원으로 나를 잡으러 올 만큼 강하다고 생각했습니까?"

신용이 인상을 쓰고 대답했다.

"그래 봐야 운남은 고작 변방 무림에 불과하다. 독만 주의하면……."

"그래서 인질을 잡았군요. 독을 함부로 못 쓰게 하기 위해서."

신용은 부끄러워서 차마 대답하지 못했다. 그것은 정파인이 해서는 안 될 일이라고 계속 생각하고 있었던 일이다.

"당신들이 먹은 피독단은 어디에서 난 겁니까."

"그건 맹에서 출발하기 전에 지급한 것이다."

신융의 눈썹이 일그러졌다.

"무엇을 의심하는 거지? 설마 백리 대협에 대한 얘기가 사실이었다는 거냐?"

진자강은 신융의 말투에서 묘한 어감을 느꼈다.

"백리중을 의심하는 이유가 있습니까?"

"으음."

신융은 말해야 할지 말아야 할지 고민하다가 말했다.

"원래 소주와 백리 대협의 대제자 백리권은 서로 연모하는 사이다."

"그런데 왜 백리중이 해코지를 했을 거라 생각했습니까?"

"백리가에서는…… 원래 백리권의 배필로 다른 이를 점찍어 놓고 있었다."

"중원에서는 정해진 배필이 마음에 안 들면 마구 죽여도 됩니까?"

"그럴 리가 없잖은가! 도대체 강호 무림을 뭐로 생각하고……."

"아귀지옥(餓鬼地獄)."

신융은 진자강의 섬뜩한 발언에 입을 다물었다.

진자강이 말을 이었다.

"아니기를 바랄 뿐입니다. 비록 내 복수가 좀 더 어려워 지더라도."

"미쳤군."

진자강은 대답 대신 비릿한 미소를 머금었다.

"내가 밖으로 나가면 달아나셔도 좋고, 그냥 계셔도 좋습니다. 어느 쪽이든 편한 대로 하십시오."

신융은 눈을 감았다.

생각에 잠긴 것이다.

진자강은 신융이 생각을 마칠 때까지 기다려 주었다.

한참 만에 눈을 뜬 신융이 물었다.

"면목없지만 부탁하겠다. 소주를 살리고 싶다면…… 어떻게 하는 게 좋겠는가?"

"저라면 여기에 있겠습니다. 하나 그것도 장담은 할 수 없습니다."

"나는 뭘 하면 되지?"

"최대한 노력하시면 됩니다."

"뭘 말인가?"

"살아남기 위해서."

"살아남기 위해서라고……."

제갈가의 사람이 언제 그런 말을 들어 보았겠는가. 살아남기 위해 싸워야 할 정도로 궁지에 몰려 있다는 사실이 피부를 저미듯 실감되어 왔다.

"알겠다."

대답을 한 신융이 쿨럭거렸다. 입가에 피가 묻어 나왔다.

진자강은 신융을 잠깐 쳐다보더니 그대로 동굴을 나갔다.

*   *   *

수풀 속에서 희번덕이는 눈알이 진자강의 모습을 좇았다.

복면인이 이곳에서 진자강의 행동을 지켜본 지가 이틀이
지났다.

진자강이 평소와 달리 자루도 들지 않은 걸 보면 약초를
캐러 가는 게 아님은 확실했다. 가벼운 차림에 산 아래 마
을 방향으로 향하고 있으니 아마도 사람을 부르러 가는 것
이리라.

그렇다면 단시간 내에 돌아오지는 못할 터.

지금이 명을 이행할 때였다.

복면인은 진자강의 모습이 산 아래로 사라지는 것을 확
인하고서 몸을 일으켰다.

발소리도 나지 않게 조심히 걸어가 동굴 입구로 갔다.

밖은 환하고 동굴 안쪽은 어두워서 안이 보이지 않는다.
이런 경우 기습을 받을 수 있어 조심스럽게 진입해야 한다.

멈칫.

복면인은 갑자기 걸음을 멈췄다. 발밑에서부터 굉장히 구린 냄새가 올라오고 있었다. 동물의 사체가 썩은 듯한 냄새였다.

'독?'

동굴 입구의 바닥에 잡다한 풀들이 널브러져 있는데 거기에서부터 올라오는 냄새다. 복면인은 바로 내공을 끌어올리고 호흡을 막았다.

진자강이 독을 뿌려 놓고 나갔다는 건 나쁘지 않은 징조다. 아직 제갈연과 신융이 살아 있다는 증거니까. 이참에 아예 확실하게 죽여 없앨 수 있는 것이다.

'설마하니 죽이지 않고 살려 뒀을 줄이야.'

잠시 생각하던 복면인은 고개를 좌우로 움직여 뚜둑 소리를 냈다.

그러곤 그냥 성큼 안으로 들어갔다. 어차피 중독되어서 제대로 움직이지도 못하는 상대들이니 너무 시간을 끌 것 없다는 생각이 들어서였다.

동굴의 어둠으로 들어선 순간, 칼이 날아들었다.

쉭!

복면인은 잠깐의 검광을 보고 재빨리 보법을 밟았다. 몸을 비스듬히 틀고 동굴의 벽 쪽으로 붙었다.

사악! 신융의 공격이 아슬아슬하게 빗나갔다. 온 힘을 다해 노린 공격이었기에 미리 예상하고 있었음에도 매우 위협적이었다. 조금만 늦었으면 배가 갈릴 뻔했다.

신융은 숨을 몰아쉬며 뒤로 물러섰다.

"헉헉! 헉…… 헉!"

복면인도 잠시의 찰나, 눈을 감았다가 뜨면서 어둠에 눈을 익숙하게 만들었다. 신융이 동굴의 안쪽으로 달아나 있었는데 그 뒤에 제갈연이 누워 있는 모습이 보였다.

"오장이 다 상했을 텐데 이만큼 움직일 수 있는 것도 대단하군. 나령환의 덕인가?"

복면인은 말을 하다가 또다시 썩은 내를 느끼고 입을 닫았다. 동굴 안에 정체 모를 썩은 냄새가 가득했다. 괜히 쓸데없이 말을 하다가 중독되는 멍청한 짓을 하느니 아예 입을 닫기로 했다.

"네놈…… 네놈은 누구냐!"

신융은 이를 갈았다.

진자강의 말에 반신반의했다. 그런데 정말로 신융과 제갈연을 죽이기 위해 암살자가 나타난 것이다.

"우릴 이곳에 보낸 것도 처음부터 이럴 작정으로였나?"

복면인은 대답 없이 신융에게 다가섰다. 숨을 참고 있었기 때문에 가급적 빨리 처리하려는 생각이었다.

복면인이 신융에게 주먹을 뻗었다.

"순순히는 못 죽는다!"

신융은 억지로 내공을 끌어 올렸다. 잠잠해져 있던 독기가 발발하면서 내장이 뒤틀리고 핏물이 거꾸로 목을 타고 올랐다.

나은 것이 아니라 중독을 겨우 막아 놓기만 한 상태.

핏덩이를 토하면서 신융의 몸이 휘청거렸다.

퍽!

복면인의 주먹이 신융의 어깨를 타격했다. 어깨에 주먹이 틀어박혔다.

"크헉!"

신융은 그 와중에도 검을 반대 손으로 옮겨 쥐며 휘둘렀다. 복면인이 동굴 벽을 밟고 뛰며 검을 피하고 위에서 아래로 손을 뻗었다. 신융의 머리가 복면인의 손에 잡혔다.

복면인이 손에 조금만 힘을 주면 신융의 목뼈는 그대로 돌아갈 것이다.

그때 제갈연이 눈을 떴다.

제갈연은 번개처럼 몸을 일으키며 공중에 거꾸로 선 복면인을 향해 연검을 휘둘렀다.

"죽엇!"

촤라라락!

복면인은 신융을 죽이지 못하고 뒤로 공중제비를 돌았다. 복면인이 허공에서 품에 손을 넣었다가 뽑아 냈다.

핑!

세 개의 가느다란 실선이 동굴 안을 가로질렀다. 신융은 뒤로 엉덩방아를 찧듯이 넘어져 피했다. 실선이 목덜미를 스쳐 지나갔다.

그러나 제갈연은 피하지 못했다. 제갈연의 허벅지와 팔뚝에 실선이 길게 이어져 꽂혔다.

분명히 독침일 터. 하지만 제갈연은 자신의 부상을 도외시하고 복면인에게 달려들었다.

"죽어! 죽어!"

"소주!"

복면인은 다소 당황한 듯 보였으나 침착하게 대응했다. 제자리에 서서 마보를 취한 후 양손을 동시에 뻗었다.

두 줄기의 장침이 발출됐다.

하나는 연검에 부딪쳐 튕겨났지만 다른 하나는 제갈연의 목에 틀어박혔다.

퍽!

제갈연은 목을 붙들고 비틀거리다가 무릎을 꿇었다.

신융이 제갈연을 안았다. 제갈연이 울컥거리며 피를 토해 냈다.

"다 들었어. 아냐…… 그럴 수 없어. 권 오라버니가 나를 죽이려 했을 리 없어!"

"소주, 말하지 마십시오!"

울컥, 울컥.

제갈연의 입에서 새빨간 피가 샘처럼 솟아났다.

"기회라고 생각했는데…… 인정받을 수 있었는데…… 오라버니와 내 사이를…….'"

제갈연은 이미 눈이 풀어져서 동공에 초점이 없어졌다.

"소주―!"

복면인은 마무리를 하기 위해 움직이려 했다.

그런데 갑자기 동굴 안으로 긴 그림자가 드리워졌다. 복면인은 놀라서 뒤돌아섰다.

마을로 내려간 줄 알았던 진자강이 돌아와 있었던 것이다.

진자강은 풀이 잔뜩 든 자루를 들고 있었는데, 그것들을 입구 쪽에 뿌려 댔다.

그리고 그것을 발로 짓밟았다.

와작, 와작.

입구에서부터 안쪽으로 들어오며 계속해서 자루에 든 풀 줄기 같은 것들을 뿌리고, 또 밟는다.

복면인은 흠칫 놀라서 뒤로 물러설 수밖에 없었다.

진자강이 괜히 저 짓을 하고 있지는 않을 것 아닌가!

사람이 얼토당토않은 짓을 보게 되면 절로 의문이 생기기 마련이다. 의문이 생기면 의심이 생기고, 의심이 생기면 행동을 망설이게 된다.

복면인은 경각심을 느끼고 바짝 신경을 곤두세웠다.

그러나 진자강은 여유롭기까지 하다.

와작와작.

진자강은 바닥에 풀줄기 같은 것들을 뿌리고 짓밟으면서 물었다.

"사주한 자가 누굽니까?"

복면인이 당연히 대답할 리 없었다. 아니, 독이 동굴 안쪽에 잔뜩 뿌려져 있다고 생각했기 때문에 숨을 멈춘 채다. 대답을 하려고 해도 할 수가 없었다.

진자강은 알고 있다는 듯 말했다.

"숨이 찰 텐데요. 언제까지 숨을 참을 수 있을 것 같습니까?"

복면인의 눈동자에 긴장의 빛이 스쳐 갔다.

진자강의 말대로 복면인은 호흡이 점점 달려오고 있었다.

자기가 숨을 참고 있다는 걸 알고 있다! 애초에 덫을 놓고 기다리던 중이었단 말인가!

지금이라고 해도 아직 제대로 움직이지 못하는 제갈연과 신융을 죽이는 건 충분히 할 수 있는 일이었다. 그러나 동굴을 가로막고 있는 진자강을 치우고 가는 건 또 다른 문제다.

복면인은 동굴 안쪽으로 몸을 돌렸다. 어떻게 되든 일단 임무만큼은 완수해야 할 것이었다.

신용이 가만히 있지 않았다.

"으아아아!"

신용이 바로 앞까지 몸을 날려 칼을 찔러 갔다.

하나 복면인의 임무는 신용 따위가 아니다.

목표는 제갈연이다.

복면인은 몸으로 달려드는 신용을 발로 차 버리고 몸을 날려 제갈연의 명치를 장침으로 찍었다.

장침이 심장을 관통했다.

그러나 이미 제갈연의 심장은 멎어 있어서 움직이지 않았다. 그 전에 죽은 것이다. 제갈연의 죽음을 확인한 복면인은 재빨리 몸을 일으켰다.

입구 쪽으로 걸음을 옮겨서 진자강과 대치했다. 진자강은 칼 한 자루를 들고 기다리고 있었다.

복면인은 숨이 달렸다.

허파에 남은 숨을 거의 다 짜낸 탓에 머리가 어찔할 지경이었다. 팔다리가 무거워졌다. 숨을 쉬어야 하는데 그랬다가는 동굴 안에 퍼진 독기 때문에 중독될 것 같았다.

한데 문득 진자강이나 신용은 아무렇지 않게 말을 하고

숨을 쉬는 중인 걸 깨달았다.

복면인은 반신반의하면서도 숨을 쉬어야 하나 고민했다.

그 순간 진자강이 칼을 그어 공격해 왔다. 일도양단으로 위에서 아래로 긋는 단순한 초식이어서 복면인은 허리를 뒤로 젖혀 피해 냈다.

하나 숨이 차서 확실히 움직임이 둔해져 있었다.

싹!

복면과 함께 옷이 수직으로 살짝 베어졌다. 복면이 잘려 얼굴 일부가 드러났다.

복면인은 얼굴을 가리면서 급하게 숨을 들이셨다.

"흐읍!"

그 순간 코가 찡해지면서 눈물이 날 정도로 시큰해졌다.

숨이 탁 막혔다.

주르륵.

코피가 터져 나왔다. 목이 따끔거리고 식은땀이 났다.

중독됐다. 그렇게 조심했는데도 단 한 번 호흡을 하려 한 것만으로!

진가는 죽이지 마라.

상부에서 받은 명령이다.

때문에 죽이지 않고 따돌려 달아나야 했다.

복면인은 손가락 두 마디 길이의 단침을 여러 개 뽑아 연속으로 날렸다.

피잉 핑!

살상용 독이 아닌 마비침이었다.

진자강의 몸 곳곳에 마비침이 틀어박혔다. 하나만 박혀도 꼼짝 못 할 마비독이 다섯 발이나 적중했다. 던진 대로 다 맞아서 복면인이 당황스러울 지경이었다.

진자강이 뻣뻣하게 굳어서 휘청거리는 걸 본 복면인이 몸을 날렸다. 빨리 밖으로 나가고 싶었다. 숨이 다해서 허파가 타는 듯했다.

복면인이 휘청대는 진자강의 곁을 지나가는 순간, 진자강이 칼을 휘둘렀다. 복면인의 옆구리가 피를 뿜었다.

"커흑!"

깜짝 놀라서 비명을 지르며 숨을 들이쉬자 머리가 띵해졌다. 코밑이 뜨끈해지면서 코피가 줄줄 흘렀고 목이 칼칼해졌다.

마비되어 움직이지 못해야 할 진자강이 왜 칼을 휘두르고 있는가!

숨을 참는 건 포기했으나 숨이 탁탁 막혀서 제대로 쉬지 못하기는 마찬가지였다. 호흡이 부족하니 몸이 굳어 움직임도 늦어졌다. 복면인이 바닥을 구르자 진자강이 쫓아가며 복면인의 무릎과 뒤꿈치를 연속으로 베었다.

복면인은 깨달았다. 진자강이 일부러 자신의 다리를 베고 있다는 걸.

자신이 도망치지 못하게 하려는 것, 그것은 만일 자신이 잡히면 온갖 고문을 해서라도 배후를 알아내겠다는 뜻임에 분명하다.

복면인은 발을 베이고도 바닥을 굴렀다.

캉! 캉!

진자강의 칼이 계속 바닥을 찍으며 따라왔다. 복면인은 바닥에 짓이겨진 풀들 때문에 눈이 따끔거리고 눈물이 났다. 아까보다도 더 숨을 쉬기 힘들어졌다.

"도망 못 갑니다."

으드득.

복면인은 무릎을 꿇고 반쯤 일어난 채 이를 갈았다.

"원하는 대로는 컥컥, 안 될 거다."

고민의 여지도 없이 복면인은 품에서 독단을 꺼내 씹었다. 진자강이 칼로 복면인의 손목을 쳤지만 이미 늦었다.

부글부글, 복면인의 얼굴이 녹아내렸다. 진자강도 처음 보는 끔찍한 자살독이었다.

복면인은 무릎을 꿇은 채로 얼굴이 녹아 죽었다.

진자강은 한숨을 쉬며 몸에 박힌 침을 뽑았다.

반하의 줄기로 냄새를 피워 독이 뿌려진 것처럼 위장한 것이 주효했다. 복면인은 독인 줄 알고 숨을 참아야 했을 것이다.

방금 뿌려서 짓밟은 풀은 석산과 수선화의 뿌리였다. 공기 중에서 냄새가 코에 닿으면 출혈을 일으킨다. 실제로 몸에 작용하는 효과는 그것 외에 없지만 복면인은 그렇게 생각하지 않았을 터.

중독을 막기 위해 계속 숨을 참아야 했을 것이다. 덕분에 심리적으로 복면인을 몰아붙이는 데에 성공했다.

그러나 결국 사로잡는 건 실패하고 말았다.

이렇게 심한 모습으로 자결까지 할 거라고는 생각하지 못했다.

진자강은 복면인의 옷 안을 뒤져 봤다. 얼굴은 어차피 형체를 알아볼 수 없을 정도로 녹았고, 몸에도 신분을 증명할 수 있을 만한 것이 아무것도 없었다.

대신 복면인이 사용하던 독이 있었다. 진자강은 독침과 기름종이에 싸인 독분들을 수거해 챙겨 뒀다.

"소주…… 소주……."

진자강은 울음 섞인 신융의 목소리에 고개를 돌렸다.

신융이 제갈연의 시신을 안은 채 울고 있었다.

왜 제갈연을 죽게 했는지, 왜 자신들을 미끼로 썼는지 진 자강에게 따질 만도 하건만 신융은 그러지 않았다.

자신들은 물론이고 진자강의 상태로도 암살자를 상대하기 어려웠기 때문에 이것이 최선이었다는 걸 알고 있었다.

진자강도 쓸데없는 위로는 하지 않았다.

방금 전까지 이들과 자신은 적이었다.

싸웠고, 죽었다.

"나는 네 살 때부터 아가씨와 함께 컸다."

한참을 숨죽여 흐느끼던 신융이 갑자기 입을 열었다.

"나의 개인적인 수련 시간을 제외하고는 아가씨가 먹고 자는 매 순간 옆을 지켰다."

진자강은 묵묵히 신융의 말을 들었다.

"제갈가의 가신 가문으로서 그것이 주어진 숙명이라는 건 잘 알고 있었지만…… 어렸을 땐 내 인생이 누군가 한 사람에 얽매어진다는 것이 너무 싫었다. 그렇게 내 어린 시절을 보내 왔다."

신융은 나지막이 한숨을 내쉬었다.

"하지만 이십 년이 넘는 시간 동안 한 사람을 지켜보면서, 나는 아가씨의 모든 것에 익숙해졌다. 아가씨의 습관과 말투, 행동…… 화나거나 기쁠 때 짓는 표정까지. 그 의미를 알겠나?"

진자강이 처음으로 대답했다.

"모르겠습니다."

"그것은 굉장한 경이(驚異)였다. 나 자신보다 다른 이가 훨씬 더 나에게 익숙해져 있는 것이다. 내 목숨보다도 소중한 존재가 생긴 거다."

신융이 진자강을 돌아봤다. 신융의 눈에서는 피눈물이 흐르고 있었다.

"지금 그 존재가 죽었다. 네게는 아무 의미도 아니지만 내게는 세상 전부와도 같았던 존재가."

분노, 슬픔, 공허함이 모두 담긴 신융의 눈빛.

신융이 말했다.

"너는…… 어떻게 이런 자들과 싸우고 있었던 거냐. 감히 제갈가를 습격할 정도의 놈들과."

"엄밀하게 말하자면 지금까지는 싸우고 있었던 건 아닙니다. 그러나 곧 싸우게 되겠지요. 그리고 그들을 제가 죽일 겁니다."

신융은 힘겹게 제갈연의 시신을 들고 일어섰다. 어깨가 부러졌고 여전히 중독까지 된 상태.

그런데도 이를 악물고 일어났다.

신융이 제갈연을 안고 진자강과 마주했다. 진자강과 싸울 힘은 남아 있지 않다. 진자강이 비켜주지 않으면 신융은 어떤 식으로도 지나갈 수 없을 것이다.

하지만 신융은 온 힘을 짜내 말했다.

"나는 본 가로 돌아가도 네 결백을 도울 만한 증언을 하지 않을 것이다. 암살자가 소주의 숨을 끊었다는 말도 하지 않겠다."

신융이 피를 토하듯 말을 이었다.

"그래야 소주를 죽이려 한 자들이 무슨 의도로 이런 짓을 했는지 알게 될 테니까. 자신들의 수작이 성공했다 믿어야 놈들이 모습을 드러낼 테니까."

그 말을 들은 진자강이 곧 옆으로 몸을 비켜 주었다.

"제가 원하던 바입니다."

신융이 걸음을 옮겼다. 그러다 진자강을 지나쳐 가며 잠시 멈췄다.

"제갈가의 영애가 죽었다. 그 대가는 네 상상 이상으로 가혹할 것이다."

진자강은 담담하게 받아들였다.

"감당하겠습니다."

"제갈가의 분노를 한 개인이 받아 낼 수 있을 것 같은가?"

"실패해서 도중에 죽는다면 거기까지가 제 한계겠죠. 그러면 제 복수행은 어차피 거기까지였을 겁니다."

진자강의 말을 들은 신융의 표정이 묘하게 일그러졌다.

"도대체 어디까지 자신을 몰아붙일 생각이지?"

진자강은 잠깐 생각하는 듯하더니 대답했다.

"그자가 청룡대검각의 각주로 호광성 무림총연맹 지부를 맡고 있다고 했지요. 일단은 그곳에 갈 때까지 입니다."

"호광성이라…… 네가 그곳까지 살아서 갈 수 있을까?"

신융은 잠시 말을 끊었다가 피를 삼키고는 다시 말했다.

"만약…… 네가 제갈가를 맞이해 절대절명의 기로에 선다면, 유일하게 살아날 방법은 어형태극(魚形太極)을 기억하는 것뿐이다. 내괘(內卦)의 생문(生門)은 사문(死門)에 있고 사문은 경문(景門) 안에 있다."

진자강은 신융의 말을 기억해 두었다. 그가 한 말이니 의미가 있을 것이다.

"살아라."

신융이 씹듯이 말을 내뱉었다.

"살아남아라. 그래서 반드시 복수하고 놈들을 세상에 드러내라. 하늘이 허락한다면 나 역시 그 순간을 함께 볼 수 있을 것이다."

신융은 힘겹게 한 걸음 한 걸음을 옮겨 동굴 밖으로 나갔다.

진자강은 신융의 뒷모습을 가만히 바라보았다.

저 당당함.

어쩌면 진자강이 생각하고 있던 정파의 모습은 신융이 보여 주는 그것일지도 모른다.

그러나 진자강은 이제껏 신융 같은 정파인을 만나지 못했다. 그리고 오히려 이제는 처런 이들과 싸워 나가야 할지도 모른다.

그때에도 망설임 없이 손을 쓸 수 있을까…….

진자강은 길게 심호흡을 했다.

최대한 노력해 보았지만 결국 제갈연이 죽음으로써 진자강은 덫에 빠지고 만 것이다.

第二章

인생도처유상수
(人生到處有上手)

무림총연맹 귀주 지부.

끼익, 끼익.

남루한 옷을 입은 남자가 조악한 손수레를 끌고 지부의 장원으로 들어왔다.

미리 전갈을 받은 듯, 기다리고 있던 이들이 내원에서 대거 뛰어나왔다.

백리중의 양자이며 대제자인 백리권도 그중 한 명이었다.

백리권은 굳게 뻗은 검미(劍眉)와 호목(虎目)을 부릅뜨고 수레의 앞에 섰다. 손수레의 짐칸에는 거적이 덮여 있었다. 누가 봐도 그 밑에 사람의 시신이 있음을 알 수 있어 보였다.

만신창이인 모습으로 수레를 끌고 온 신융이 수레의 손잡이를 높고 오체투지로 부복(俯伏)했다.

신융은 갈라진 목소리로 피를 토하듯이 말했다.

"죽여 주십시오."

백리권의 눈가가 벌게졌다. 백리권은 감정을 억지로 참느라 얼굴이 떨렸다. 주먹을 꽉 쥐고 이를 악물었다.

"죽여 주십시오."

재차 간청하는 신융의 말에도 백리권은 아무 말을 할 수가 없었다.

제갈가의 친인들도 긴장한 모습으로 뒤에 서 있었다.

백리중이 뒤에서부터 천천히 걸어 나와 백리권의 옆에 섰다. 그러나 백리권은 미동도 않았다. 백리권의 시선은 오로지 수레의 뒤에 덮인 거적에만 쏠려 있었다.

백리중이 나지막한 목소리로 명령했다.

"열어라."

신융은 그제야 일어나서 수레의 뒤로 돌아갔다. 그러곤 공손하게 거적을 치웠다.

제갈연의 시체가 거기에 놓여 있었다. 가지런히 두 손을 맞대 모으고.

흠칫!

백리권이 몸을 떨었다.

백리중은 제갈연의 시체를 잠시 보았다가 백리권의 어깨를 두드리고 돌아섰다.

백리중은 내원으로 되돌아가는 동안 제갈가의 친인들에게 고개를 숙이며 깊은 읍을 해 보였다. 제갈가의 친인들 역시 비통한 얼굴로 마주 읍했다.

백리중이 돌아간 이후에도 백리권은 수레에 서서 한참을 내려다보기만 했다.

단 한 번도 눈을 깜박이지 않아서 두 눈은 충혈된 채 핏발이 가득 서 있었다.

백리권이 풍기는 분위기가 너무나 무거워 제갈가의 친인들조차 함부로 다가설 생각을 하지 못할 정도였다.

백리권은 지독할 정도로 오랫동안 제갈연을 지켜보고 있다가 한 걸음씩 제갈연에게 다가갔다.

─연 매, 드디어 스승님이 독곡의 일을 연 매에게 맡기셨어!

─아아, 다행이어요. 내가 이번 일을 잘 해내면 사부님께서도 우리 사이를 다시 봐주시겠죠?

─물론이지. 스승님이 내게 연 매를 추천하게 하신 건 이미 우리 사이를 반쯤 허락하셨다는 뜻이야.

─나는 반드시, 무슨 수를 쓰더라도 사갈독왕을

잡아 올 거예요. 오라버니를 위해서, 그리고 우리를
위해서라도요.

제갈연은 백리권의 품에 안겨 그렇게 몇 번이고 다짐을
했었다.
백리권은 제갈연을 혼자 보내는 것이 못내 불안하였으나
함께 갈 수가 없었다.
이것이 스승인 백리중이 제갈연에게 낸 시험이라고 생각
했기 때문이었다.
그리고 고작해야 운남 무림의 일이었다.
운남 무림에서 삼룡사봉 중 한 명인 제갈연을 무력으로
위협할 만한 사람은 거의 없을 터.
게다가 고강한 무공을 가진 자가 벌인 살육이 아니라 독
으로 벌어진 사건이었다.
독만 주의하면 그녀가 위험할 이유는 없었다.
아무리 생각해 봐도 그녀가 죽을 일이 없었다.
심지어 사갈독왕의 행적만 추적해도 반쯤은 성공인 일.
그런 쉬운 일에 투입된 제갈연이…….
이렇게 차가운 시체가 되어 돌아왔다.
아직도 백리권의 코에는 제갈연이 몸에서 풍기는 체취가
남아 있는데.

그 제갈연이 다시는 말을 할 수 없게 되어 버린 몸으로, 중독되어 시커먼 얼굴이 되어, 썩은 시체의 냄새를 풍기면서 돌아오고 말았다.

이 같은 사실을 백리권은 받아들일 수가 없었다.

"연 매……."

백리권은 제갈연을 바라보면서 떨리는 목소리로 제갈연을 불렀다.

그러나 제갈연은 언제나처럼 웃으면서 백리권을 바라봐 주지 않았다. 무엇이 그리도 억울하고 고통스러웠는지 얼굴을 잔뜩 일그러뜨린 채로 두 눈을 부릅뜨고 죽어 있었다.

"으……."

백리권의 입에서 신음이 새어 나왔다.

그리고 그 순간, 둑이 터져 버린 것처럼 백리권은 참았던 슬픔을 폭발시키듯 토해 냈다.

으— 허— 어— 엉—!

＊　　　＊　　　＊

"연 매— 연— 매—!"

백리권의 애처로운 울부짖음이 지부의 장원을 울렸다.

내실로 돌아온 백리중은 시끄럽다는 듯 창문을 닫았다.

그 모습을 본 망료가 말했다.

"냉정도 하지. 제자의 정인(情人)이 황천길로 갔는데 그 울음소리가 듣기 싫어 창문을 닫는단 말이오?"

"사내놈이 징징대는 것만큼 꼴 보기 싫은 일은 없지. 이번 일로 좀 독해졌으면 좋겠군."

"허…… 매정하기도 하구려."

그러나 망료는 계속해서 백리중의 얼굴을 살폈다. 좀처럼 의문이 사라지지 않았다.

제갈연을 보낸 것이 다른 누구도 아닌 백리중이었기 때문이다.

심지어 이것이 사파를 걸고넘어지기 위한 미끼였으며, 때문에 미끼가 죽을 가능성이 매우 크다는 걸 알고 있었음에도 말이다.

그런데도 제자의 정인을 보내 죽게 만들어?

단순히 독해졌으면 좋겠다는 이유로 말인가?

"표정이…… 슬픈 게 아니라 좋아하는 것 같소이다?"

아닌 게 아니라 백리중은 슬며시 미소를 짓고 있는 것 같았다.

"그리 보이나?"

백리중은 실소를 짓더니 방 가운데의 탁자 앞에 앉았다.

방 한쪽에 서 있던 모사꾼 심학이 눈치를 보다가 재빨리 차를 내려 백리권의 앞에 내주었다.

그런 백리중을 바라보는 망료의 얼굴은 더욱 알쏭달쏭해졌다.

아무리 봐도 이상했다.

창문을 닫았어도 아직 밖에서는 백리권이 울부짖는 소리가 들려온다.

망료는 다시 한 번 백리중을 떠보았다.

"저러다가 주화입마하겠소."

망료의 말에도 백리중은 아랑곳 않았다.

"그 정도는 알아서 이겨 내야지."

망료는 창밖을 내다보며 인상을 썼다. 백리중이 원하는 것이 무엇인지 알 수가 없었다.

그런데 그때, 밖에 제갈가의 사람이 찾아왔다.

제갈명이었다.

제갈연의 숙부이며 제갈가의 이인자로 불리는 실세.

백리중은 그가 올 줄 알았다는 듯 눈인사를 해 보였다.

"일어나실 것 없소이다."

제갈명은 성큼 걸어 백리중에게 다가가더니, 백리중이 앉은 탁자에 지도 한 장을 올려놓았다.

그러곤 비장한 얼굴로 말했다.

"우리 제갈가는 준비가 끝났소이다."

백리중이 고개를 끄덕이자, 제갈명은 망료와 심학을 한 번씩 돌아보며 방을 나갔다.

호기심을 참지 못한 망료가 절뚝거리며 백리중의 앞에 가서 지도를 살펴보았다.

"이게 뭐요?"

그것은 운남의 지도였다.

운화촌을 기점으로 해서 이동한 표시가 되어 있었다.

아마도 진자강이 이동한 행적처럼 보였다.

그런데 특정 지점에 깨알 같은 표시가 잔뜩 그려져 있었다. 병부(兵部)에서 군을 통솔할 때 사용하는 지도처럼 철(凸)자가 곳곳에 포진되었다.

그것을 본 순간 망료는 몸이 굳었다.

"이게…… 무엇이외까?"

"모르겠나?"

망료가 모를 리 없었다.

믿을 수가 없어서 확인차 질문한 것일 뿐이다.

촘촘하게 퍼져 있는 저것은 팔방으로 펼쳐진 괘(卦)의 모양.

제갈가에서 자랑하는 구궁팔괘진(九宮八卦陣).

그것이 지도에 그려져 있었다.

"천라지망?"

제갈가가 주도하는 천라지망.

이 그물이 누구를 목표로 하는가!

그 사실을 퍼뜩 깨달은 망료가 사나운 눈으로 백리중을 쳐다보았다.

"어떻게 내게 한마디 언질도 없이……!"

백리중은 잡아먹을 것처럼 쳐다보는 망료를 담담하게 바라보았다.

그러곤 혼잣말처럼 말을 내뱉었다.

"운남 독문을 멸망시키고 삼룡사봉 중의 하나까지 잡아냈으니, 사갈독왕의 명성이 많이 오르겠어……."

망료의 눈썹이 일그러졌다.

진자강은 아직 모자라다. 이 정도로는 아직 부족하다. 좀 더 크고 무르익어야 잡아먹을 맛이 난다.

이놈 때문에 겪은 고통이 얼만데, 쏟아 부은 노력이 얼만데 겨우 이 정도에서 그만둬야 하는가!

망료는 억지로 누르고 있었지만 분노가 차올라 머리가 뜨거워졌다.

그런 망료의 마음을 아는지 모르는지 백리중이 계속 말을 했다.

"잡초 같은 놈은 빨리빨리 쳐 내는 게 나아. 잘못 놔두면 역병이 돼서 숙주를 잡아먹지."

백리중의 말은 마치 비수처럼 망료의 가슴을 후벼 팠다.

백리중은 알고 있었다. 망료의 생각을.

그런데도 백리중은 덜 익은 진자강의 목을 따 버리려는 것이다!

"백리 각주……."

망료가 저도 모르게 살기를 흘리려는 순간, 백리중이 망료를 빤히 바라보며 미미한 미소를 지었다.

"경고했을 텐데. 사천에 발을 끊으라고."

망료는 하마터면 심장이 떨어질 뻔했다.

모골이 송연해졌다.

그렇게 주의를 했는데 어떻게 알았지?

하나 여기에서 티를 내면 죽는 것은 자신이다.

이미 자신의 행적을 알고 있는 상대에게 거짓말을 할 수도 없다.

망료는 초인적인 인내로 속마음을 감추고 말했다.

"놈의 독을 제압하려면 쓸 만한 피독제가 필요해서 접촉했소이다."

"그런데도 실패했군. 쓸 만한 것을 구하지 못한 모양이야."

"결과적으로는, 그리됐소이다."

부글부글 끓는 속을 감추며 망료는 애써 웃을 수밖에 없었다.

망료의 머릿속이 복잡해졌다. 어떻게 해야 할지 아무런 생각도 나지 않았다.

그러나 망료의 곤란은 거기서 끝나지 않았다.

갑자기 백리중이 죽간 하나를 열어 읽다가 심학에게 건 넸던 것이다.

"이거 중단됐던 것, 계속 진행하게. 너무 갑작스럽게 진 행하지는 말고."

"예예. 언제쯤이 좋을까요?"

"내년이 좋겠군. 내년쯤 기일을 잡고 후년에 식을 치르 면 되겠지."

망료의 표정이 변했다.

"식?"

심학이 양손으로 죽간을 받아 보고 품에 넣으려 했다. 망 료가 슬쩍 손을 써서 심학의 죽간을 낚아챘다.

"어어? 아니, 이게 지금 무슨 짓이오!"

심학이 달려들었으나, 망료는 목발 하나로 심학을 막았 다. 심학이 움직이려 할 때마다 어깨를 건드리고 무릎을 미 는데, 어찌나 적절한 순간에 건드리는지 심학은 좀처럼 다 가갈 수가 없었다.

망료가 죽간을 들고 싸늘한 어조로 백리중에게 물었다.

"봐도 되겠소? 내가 요즘 궁금한 게 있으면 잠을 통 못
자서 말이오."

백리중은 대답하지 않았다.

굳이 대답하지 않은 건, 봐도 좋다는 뜻은 아니지만 본대
도 상관하지 않겠다는 뜻이다.

"그럼, 보겠소."

망료는 일부러 길게 소리를 내며 죽간을 열었다.

"이리 내놓으시오! 내놓으라고!"

물론 심학은 계속 달려들었지만 망료의 밀어내기를 감당
할 수 없었다.

죽간의 맨 앞에 쓰인 네 글자.

검후(劍后) 혼사(婚事).

글자를 본 망료의 얼굴이 묘해졌다.

검후의 나이가 이미 육십을 넘었으니 설마하니 백리중과
혼인을 하겠다는 건 아닐 것이다.

"어어? 이거 설마……."

망료가 심학을 노려보니 심학이 멀뚱하게 답했다.

"대제자의 혼사 일이요."

"대제자라면, 밖에서 처연하게 울부짖고 있는 저 친구

말인가?"

"그분밖에 더 있소?"

그제야 망료의 의문이 풀렸다.

백리중은 백리권의 짝으로 검후의 제자를 점찍고 있었던 것이다.

"처음부터……."

처음부터 백리중은 제갈연을 보내 죽게 만들 생각을 하고 있었던 것이다. 그래서 양자인 백리권이 강제로 검후의 제자와 맺어지도록 만들 계획으로.

이에 분노한 제갈가에서 진자강을 천라지망으로 잡아 죽게 만드는 것은 그야말로 덤이었다.

백리중은 그것이 자신의 말을 따르지 않은 망료에 대한 일종의 단죄라고 하였으나, 실제로는 다르다.

오늘의 일로 말미암아 제갈가는 사파라면 이를 갈게 될 것이다. 그리고 사파와의 싸움에 첨병으로서 활약하게 될 가능성이 높았다. 백리중은 사파와의 싸움을 내내 주장하고 있었으므로 결국 제갈가는 백리중의 의도대로 움직이게 되는 셈이다.

결과적으로 백리중에게 힘이 되어 줄 든든한 우군이 생긴 것이나 마찬가지였다. 이것은 앞으로 백리중이 세를 불려 나가는 데에도 굉장한 힘이 되어 줄 터였다.

"아무리 그래도 사봉 중의 하나를 희생시켜서 자기편으로 들일 생각을 하다니……."

보통은 혼인으로 세력을 끌어들일 생각을 하지, 반대로 죽게 만들어서 끌어들인다고는 생각하지 않는 법 아닌가? 조금만 실수해도 무슨 일이 벌어질지 알 수가 없는데 말이다.

그러나 결과적으로 백리중은 원하는 바를 일거양득으로 모두 얻게 됐다.

망료의 말에 백리중의 웃음이 진해졌다.

"인열폐식(因噎廢食)이라! 겨우 목이 메는 것이 두려워 밥을 먹지 않는단 말인가?"

여간 표정을 드러내지 않는 백리중이 미소를 짓는 걸 보면 지금의 상황이 여간 즐거운 게 아니리라!

그러나 그 때문에 뒤통수를 맞게 된 망료에게는 마른하늘의 날벼락이 아닐 수 없었다.

"백리 각주……."

무슨 말을 하려느냐는 표정으로 백리중이 망료를 쳐다보았다.

망료의 입이 마귀처럼 길게 찢어지고 눈썹이 치켜 올라갔다. 망료는 살기를 감추지 않고 살기등등하게 웃으면서 말했다.

"그대는 알고 보니 나보다 훨씬 더 개새끼셨구려?"

망료의 말을 들은 심학은 경악했다.

"마, 마, 마, 망 고문! 그게 지금 무슨 천인공노할 마, 말 본새요!"

백리중은 느긋하게 찻잔을 손바닥 위에서 돌리고 있다가 망료를 쳐다보았다.

망료도 지지 않고 백리중을 노려보았다. 이를 드러낸 채 살기 어린 표정을 담아 웃으면서.

"마, 망 고문! 빨리 무릎 꿇고 사과하시오! 용서를 빌란 말이오!"

모사꾼 심학이 난리를 피워도 망료는 아랑곳하지 않았다. 백리중을 정면으로 응시하면서 이를 갈았다.

그러나 뜻밖에도 백리중은 슬쩍 미소를 머금을 뿐이었다. 백리권이 여전히 밖에서 울부짖고 있기에 망정이지 그렇지 않았다면 한바탕 신나게 웃었을 것 같은 표정이었다.

심학은 난리가 났다.

"이 사람이 지금 정신이 돌았나! 빨리 무릎을 꿇으라고!"

오히려 백리중이 심학에게 내버려 두라는 듯 손을 저었다.

"내버려 둬. 오늘만큼은 용서해 주지."

백리중은 외려 흐뭇하게 웃었다.

망료가 왜 그러는지 그의 의도를 파악했다는 웃음이었다.

망료는 맥이 탁 풀렸다.

살기를 거두고 고개를 저으면서 양손을 들어 보였다.

투항했다는 의미다. 더 이상 백리중을 화나게 만들어 봐야 무의미하다는 걸 안 때문이다.

"아직은 내가 쓸모 있나 보구려."

"졸(卒)이든 포(砲)든 장기판 위에 있을 때에는 의미가 있지."

날카롭게 찔러 오는 진실의 말.

망료가 아직은 자신이 생각한 포석 중의 하나라는 뜻이다.

개새끼라고 욕을 해도 살려 둘 정도의 쓸모는 아직 남았다는 뜻이다.

망료는 조금 전 일부러 백리중을 자극하며 그것을 확인해 보았고, 백리중은 받아들였다.

망료는 크게 껄껄 웃었다.

천하의 제갈가를 목이 멤 정도로 치부하고 있는 백리중이다. 그런 대담한 자에게 사실 망료가 얼마나 존재 가치가 있겠는가. 자신의 말을 어기고 다니는데도 아직까지 옆에 두고 있다는 게 무슨 의미이겠는가.

망료가 생각하는 자신의 쓰임새와 백리중이 생각하는 망료의 쓰임새가 다르다는 뜻이다.

그것이 무엇일까.

잠시 고민하던 망료가 말을 던졌다.

"사천을…… 흔들 생각이오?"

백리중은 대답하지 않았다. 대답하지 않았다는 건 수긍한 것과 마찬가지다.

"역시 그랬군."

사천은 단단하게 결속되어 있다. 좀처럼 파고들 틈이 없을 만큼.

망료가 미꾸라지처럼 흔들어 놓았을 때에 빈틈이 보일 수도 있다 생각한 것이리라.

졸지에 미꾸라지 취급을 받게 된 망료는 속으로 분을 삼켜야 했다.

이번엔 완전히 졌다.

"인생도처유상수(人生到處有上手)라더니, 살다 보면 어디에도 나보다 고수가 있다는 옛말이 틀리지 않구려. 한 수 잘 배웠소이다."

서로가 서로를 이용하다가 실패한 것이니 어디에 하소연을 할 수도 없는 망료였다.

그러나 한마디의 사족은 덧붙였다.

"아깝지 않겠소? 아직 더 쓸모가 남은 놈이요."

물론 진자강에 대한 얘기였다.

"앞으로 바빠질 게야. 고작 천둥벌거숭이 하나에 신경 쓸 겨를이 없을 정도로."

"바빠?"

심학이 신이 나서 끼어들었다.

"사파 놈들이 운남에서 대학살을 저질렀으니 당연히 그 악행에 대한 대가를 치르게 해야 하지 않겠소! 이 바쁜 시기에 겨우 애송이 하나를 돌볼 겨를이 있을지 모르겠군!"

"아아, 그렇군."

이번 일을 빌미로 사파를 쳐서 무림총연맹의 영역을 확장하려는 것. 이게 백리중의 원래 계획이었던 것이다.

"뭐, 정벌군의 총원수 자리라도 노리고 있는 것이오?"

"총원수?"

백리중은 코웃음을 쳤다.

우드드득.

그의 손 안에 있던 찻잔이 우그러들기 시작했다. 사기로 만든 찻잔이 깨지면서 손바닥 안에서 구겨진다. 백리중은 손바닥을 비볐다.

탁자 위로 모래알처럼 반짝이는 가루가 쏟아지기 시작한다.

사라라락.

"나는 천하를 가질 것이다."

숨이 탁 막히는 한마디.

망료는 빤히 백리중을 쳐다보았다.

이런 말을 들었을 때의 반응은 보통 두 가지다.

어처구니없거나, 혹은 감명받거나.

"지금처럼만 해. 성 하나를 주지."

심학의 눈이 휘둥그레졌다.

"아니, 망 고문에게 그 정도나요? 뭐하시오, 망 고문! 어서 감사드리지 않고!"

망료의 눈길이 백리중의 손으로 갔다.

사르르륵.

자세히 보니 떨어지고 있던 가루가 다시 백리중의 손으로 되돌아가고 있다. 떨어져서 탁자 위에 쌓였다가 고스란히 손바닥으로 되돌아갔다가 다시 떨어져 내린다.

제아무리 망료라고 해도 도저히 흉내 낼 수 없는 경지의 무위.

망료는 껄껄 웃었다.

"준다니까 사양하지 않고 받겠소이다. 설사 그게 독이든 것이래도 지금은 받지 않을 수가 없겠구려."

백리중은 담담하게 웃으며 더 이상 대답하지 않았다.

그러나 그 미소 뒤에 숨은 야망은 망료라고 할지라도 충분히 느낄 수 있을 정도였다.

그랬기에 망료는 속에 품은 말을 끝까지 내뱉지 않았다.

천하 따위 누가 가지든 관심 없으니까 난 그놈 하나만 있으면 된다고.

*　　　*　　　*

진자강은 쉴 틈도 없이 자리를 이동했다.

제갈가의 신용을 살려 보냈으니 곧 자신의 위치가 알려질 것이었다.

그럼에도 불구하고 진자강은 은밀하게 이동하기는 포기했다.

최대한 모습을 보이며 다녀야 상대적으로 장씨 가족이 더욱 안전해질 수 있다고 생각해서다.

진자강은 산길로 이동하다가 틈틈이 근처의 마을을 들르며 자신의 행적을 일부러 드러내기로 했다.

목적지는 호광성의 무림맹 지부.

현재 운남의 서북쪽 끝에서 사천, 귀주, 중경을 거쳐야 도착할 수 있는 곳.

몇 달이 걸릴지, 몇 년이 걸릴지.

아니면 영원히 도착하지 못하게 될지 알 수 없지만 살아 있는 한 가야 하는 곳.

백리중을 만나는 곳이 진자강의 여정이 마무리를 짓게
될 종착지였다.

신용과 헤어진 지 사흘이 지났다.

진자강은 냇물에 오른쪽 눈을 비춰 보았다. 핏발이 터져
서 벌게졌던 눈은 어느새 맑은 눈으로 돌아와 있었다.

그러나 내공을 썼던 우반신은 아직 따끔거리고 화끈거린
다. 혈도들이 상처를 입어 움직일 때마다 통증이 느껴졌다.
곤륜황석유와 유황천 덕분에 살갗을 비롯한 외상은 금세
낫지만 내상만큼은 쉬이 낫지 않았다.

하지만 진자강은 최소 하루에 두 번은 내공 운용을 연습
했다.

몸이 아프다고 해서, 쓸수록 망가진다고 해서 수련을 멈
출 수 없었다. 진자강에게는 제대로 다루지 못하는 막대한
힘이 다룰 수 있는 약소한 힘보다 훨씬 더 위험했다.

상대는 늘 진자강보다 많고 강했다.

그래서 매 싸움이 마지막이라 생각하고 계획을 짜야 했
다. 자신의 한계를 알고 극한까지 힘을 끌어내어 싸워야 했
다. 자기가 낼 수 있는 힘의 한계를 명확하게 알고 있어야
했다.

진자강은 고통을 참고 내공을 일으켰다.

몸 안에서 도는 수레바퀴는 야생마와 같아서 마구 날뛰며 몸을 해친다.

다행히도 거기에 독기를 얹으면 독기가 고삐 역할을 해서 다소나마 원하는 대로 내공을 움직일 수 있었다.

그러나 내공이 움직이는 속도가 너무 빠르다. 너무 빨라서 아직 익숙해지려면 시간이 필요했다.

하여 진자강은 내공 수련을 더더욱 멈출 수가 없었다. 지금처럼 다소 시간이 있을 때가 바로 수련이 필요한 때였다.

사람의 무서운 점은 무엇에든 익숙해진다는 점일 터다.

어딘가가 아프더라도 그것이 오래되어 만성이 되면 처음처럼 아프다고 느끼지 않게 된다. 아프더라도 그러려니 대수롭지 않게 넘기기 마련이다.

물론 혈도가 파열되는 고통은 일반적인 통증에 비할 바는 아니었다. 수 배, 수십 배나 더 고통스럽고 끔찍했다.

하나 진자강은 점점 고통을 버틸 수 있게 되었다.

그것은 곧 내공을 사용하는 법에 익숙해지기 시작했다는 뜻이기도 했다.

손에 익지 않은 무기를 오랫동안 다루면 저절로 익숙해지듯이.

진자강은 점점 빠르게 움직이는 내공에도 익숙해져 갔다.

그러면서 이제껏 머리로는 외고 있었으나 내공이 없어 제대로 사용하지 못했던 수법들을 시도해 볼 수도 있게 되었다.

본래 갱도에서 전수받은 내용들 중에는 상당한 내공이 있어야 운용할 수 있는 수법들이 다소 있었다.

진자강이 사사한 수법은 약문의 이들이 자신의 문파를 대표할 수 있는 무공 중에서 고르고 고른 한 가지였다. 아무리 약문이 무공으로는 삼류라 하더라도 그중 최고로 꼽은 하나이니 결코 수준이 낮다고는 할 수 없었다.

하여 몇몇은 약문 고수들의 내공 한계인 일 갑자의 내공이 있어야 가능한 수준이었다.

진자강이 끌어낼 수 있는 내공 역시 일 갑자.

그야말로 지금 진자강이 가진 힘을 한계까지 끌어내기에 가장 적합한 상황이었다.

진자강이 연속으로 내공을 쓸 수 있는 횟수는 안정적으로 두 번.

무리한다면 세 번은 가능하다.

때문에 알고 있는 전부를 익힌다 해도 다 쓸 수가 없었다.

진자강은 우선적으로 익힐 두 가지를 골랐다.

금나수법으로는 일이곡의 포룡박(捕龍搏).

포룡박은 본래 나무나 절벽을 오르기 위해 창안되었다. 때문에 보통의 금나수처럼 상대의 팔다리를 꺾어서 제압하기보다는 손가락 끝을 상대의 살에 박아 넣어 근육을 마비시키는 독특한 수법으로 발전되었다. 물론 급한 경우 절벽이나 나무 위로 달아날 때에도 사용하기 유용했다.

무기술로는 낫을 사용하는 약왕문의 단월겸도(斷月鎌刀).

단월겸도는 상대의 다리를 베거나 혈도를 찍는 데 사용할 수 있는 무기술이었다. 낫은 가장 구하기 쉬운 무기 중 하나이고 끝이 구부러져 있어서 칼을 쓰는 상대에 대항하기에 적합했다.

거기에 암기술인 오송문의 비선십이지와 단령경이 알려 준 지풍 분수전탄까지.

그 정도만 되어도 얼추 구색은 갖출 수 있는 셈이다.

이제야 약에 관한 지식 말고도 약문의 노사들이 전수한 무공들을 실제로 몸에 익힐 수 있게 된 진자강이었다.

물론 그것조차도 오른쪽으로밖에 사용할 수 없다는 단점이 있지만……

그래서 신법이나 보법까지는 아직 제대로 익힐 생각을 못 하고 있긴 하지만 말이다.

운남에서 사천으로 향하는 길.

보름이 지났을 때, 진자강은 마침내 감시의 눈길이 따라 붙은 것을 느낄 수 있었다. 마을에 들어가면 확실히 자신을 쳐다보는 시선들이 있었다.

진자강은 슬슬 때가 가까이 오고 있음을 느꼈다.

몸 상태를 최대한 올려놓을 필요가 있었다.

진자강은 마을에 있는 동안은 감시자의 이목을 신경 쓰지 않고 최대한 많이 먹고 편히 쉬었다.

제갈가라면 암살자를 고용하기보다는 자신들이 정면으로 나설 것임에 분명했다. 굳이 언제 싸우게 될까 전전긍긍할 필요가 없었다.

그리고 점심 무렵.

진자강은 사람이 버글거리는 인기 좋은 반점으로 들어섰다.

"어서 오십쇼! 자자, 이쪽으로 오시죠."

정신없이 손님들이 오가는 와중에 점소이가 진자강을 구석 자리로 안내했다. 찻주전자와 차를 들고 와서 주문을 받으려고 고개를 숙이고 있었다.

"뭘 드릴까요?"

그런데 점소이의 손가락이 찻잔 안에 담겨 있었다. 점소이는 자신의 손가락이 찻물에 담긴 걸 아는지 모르는지 싱글벙글 웃으면서 주문을 기다리고 있었다.

진자강은 묘한 낌새를 눈치채고 물었다.

"여긴 뭘 잘합니까?"

"아, 여기 분이 아니시군요. 저희는 다 맛있는데 특히⋯⋯."

그때 찻잔 안에 담겼던 점소이의 손가락이 빠르게 나와서 탁자 위를 움직였다.

찻물로 탁자에 글자를 쓴 것이다.

남림(藍林).

진자강이 글자를 읽고 의미를 이해하기도 전에 점소이가 찻잔을 건드려서 차를 쏟았다.

"어이쿠, 죄송합니다."

점소이는 들고 있던 행주로 슬쩍 탁자를 훔쳐 지워 버리고 말을 이었다.

"저희는 고기 완자 요리인 사자두와 향라육이 맛있습니다."

"그럼 그렇게 두 접시 부탁합니다."

"예예, 조금만 기다리십시오."

점소이는 또 다른 손님들을 맞이하며 '어서 오십시오!'를 연신 외치고 주방으로 들어갔다. 그리고 주방에서 다시 나왔을 때에는 아까의 그 점소이가 아니었다.

진자강은 곧 나온 요리를 먹으며 생각했다.

감시자들의 눈을 피해서 글씨를 바로 지운 걸 보면 적어도 제갈가가 아닌 반대쪽의 사람들일 터.

그렇다면 아마도 사파의 여의선랑 단령경이 보낸 경고일 가능성이 컸다.

'남림……!'

第三章

남림(藍林)

　진자강이 지금 있는 마을은 남씨(藍氏)가 사는 집성촌이
었다.

　오래된 씨족이 사는 지역에는 마을 공동의 묘지가 있는
데 그곳을 관습적으로 성씨에 수풀 림(林) 자를 붙여 부르
곤 했다.

　즉, 남림은 남씨들의 묘지터인 것이다.

　진자강은 남림에 대해 생각하다가 반점을 나왔다.

　남림은 남가촌을 나가는 방향, 반점에서 그리 멀지 않은
곳에 있었다.

　사천 방향으로 가려면 반드시 남림을 거쳐 가야 하지만,

만일 피하고자 한다면 온 길을 되돌아가야 한다.

어찌해야 하는가.

점소이의 경고를 무시하고 움직여야 하는가, 아니면 신뢰하긴 어렵지만 경고를 받아들여 피할 것인가.

잠시 고민하던 진자강은 방향을 정했다.

남림으로.

피해야 하는 게 무엇인지도 모르고 피할 수는 없었다.

더구나 정보에 대한 신뢰가 없는 상황에서는 판단의 결과가 오롯이 자신의 몫이었다.

함부로 행동하지 않는 것.

타인을 쉽게 믿고 의지하지 않을 것.

자신의 목숨은 오로지 자신의 책임하에 남겨 둘 것.

그것이 현재 진자강이 취할 수 있는 가장 안전한 길이었다.

그리고 또한 이제껏 진자강이 일부러 자신의 모습을 드러내며 이동해 왔던 건 장씨 가족 때문이기도 했다.

진자강이 드러나 있을수록 달아난 장씨의 가족이 더 안전해질 수 있어서다.

그러니 더더욱 진자강은 감시자들의 눈길을 피해 달아날 수 없었다.

남림으로 가야 했다.

절룩, 절룩.

진자강이 발을 절면서 걸어갈 때마다 와 닿는 시선들이 따갑게 느껴졌다. 시선들은 계속해서 진자강을 밀어내듯이 따라왔다.

어쩌면 피하지 않고 직접 확인하기를 선택한 것은 잘한 선택인지도 몰랐다. 만약 진자강이 반대 방향으로 도망가거나 했다면 지금의 이 점잖은 시선들이 어떻게 돌변했을지 모를 일이었다.

어느 순간 시선들의 추격이 뚝 끊겼다.

들판을 걷고 있기 때문에 더 이상 몰래 따라올 수 없어서인지, 아니면 다른 이유 때문인지는 알 수 없었다. 그것이 오히려 태풍 전의 고요처럼 불안한 분위기를 일으키고 있었다.

진자강은 잠깐 멈춰 섰다.

길가에 줄기줄기 길쭉하게 올라와서 고개를 숙이고 있는 야장인(野丈人)이 보였다.

야장인은 할미꽃이다. 뿌리는 법제하여 약으로도 쓰는데 따로 백두옹(白頭翁)이라 불렀다.

이 야장인은 주로 묘지 근처에서 자라는 경향이 있었다. 야장인이 많이 보인다는 건 남림이 가까워 왔다는 증거이기도 했다.

진자강은 이미 꽃이 다 져 버리고 줄기만 남은 야장인 몇 포기를 뽑아 뿌리를 떼어 냈다. 떼어 낸 뿌리를 털어서 소매 속에 넣고 일단 되는 대로 입에 넣고 씹었다.

으적.

뿌리에는 독성이 있어서 즙을 내어 변소에 뿌려 두거나 하면 벌레들이 꼬이지 않는다. 이 독성이 쓰기에 따라 사람에게도 상당히 자극적인 영향을 줄 수 있다.

진자강은 뿌리를 씹으면서 남림으로 향했다.

하나둘 묘지와 비석들이 보이기 시작했다. 길 옆쪽 야트막한 동산에 세워진 비석들이 늘어났다.

그리고…….

얼마 지나지 않아 진자강은 한 묘지 앞에 서 있는 문사풍의 중년인을 볼 수 있었다.

녹옥빛 장포가 매우 익숙했다.

문사풍의 중년인은 깃털로 만든 부채를 들고 온화한 표정으로 무덤을 바라보고 있었다.

으적으적.

진자강은 뿌리를 씹으면서 걸음을 멈췄다.

중년인이 비석을 바라보며 혼잣말처럼 말했다.

"망자수재신위(亡子秀才神位)……, 오래 전 이름도 모를 남씨 일가의 젊은 아들이 이곳에 잠들었군."

중년인은 돌아보지도 않은 채 계속해서 말했다.

"아마 많은 사람들이 슬퍼했을 게야. 꽃 한 번 피워 보지도 못한 아이가 비명에 간 것만큼 안타까운 일이 어디 있겠나. 아마 그 아이의 부모는 천 갈래 만 갈래로 가슴이 찢어졌겠지."

그런데 갑자기 중년인이 손에 든 깃털 부채로 비석을 힘껏 후려쳤다.

썩!

두부를 칼로 벤 것처럼 비석 윗부분이 부채에 썰려 나갔다. 중년인은 그것으로도 부족했는지 반 토막이 된 비석을 발로 차기까지 했다.

펑!

비석이 뿌리째 뽑혀 날아가 다른 비석에 부딪쳐 박살이 났다.

중년인이 진자강을 쳐다보았다. 중년인의 얼굴에는 아까의 온화한 표정이 온데간데없었다. 핏발 선 얼굴은 분노로 시뻘게져서 달아오른 대추 같을 지경이었다.

"하지만 이까짓 놈들의 목숨 백 개를 줘도 바꿀 수 없는 게 있어. 그게 뭔지 아나?"

애초에 대답을 바라고 물어본 질문이 아니기에 진자강은 대답하지 않았다.

중년인이 이를 씹듯이 말했다.

"바로 제갈가의 피다. 고귀한 제갈가의 피는 이깟 놈들 몇을 줘도 대체할 수 없다. 특히나 연이 그 아이는 우리 제갈가의 꽃이었지. 알고 있었나? 네놈이 그 꽃을 꺾어 버린 걸? 너처럼 하찮은 놈과는 비교도 할 수 없는 아이였다."

진자강은 무덤덤하게 중년인을 바라보기만 했다.

중년인, 제갈명은 그런 진자강의 표정이 더욱 마음에 안 들었는지 얼굴을 일그러뜨렸다.

"제안을 하마."

제갈명은 호흡을 가다듬으며 부채로 바람을 부쳤다.

"네놈의 배후에 누가 있는지, 어떤 목적으로 우리 제갈가를 건드렸는지, 네놈이 아는 모든 걸 소상히 설명해라. 그렇게 한다면 지금 이 자리에서 네놈을 매우 깨끗하게 고통 없이 죽여 주마."

진자강은 제갈명이 들고 있는 부채와 썰려 나간 돌비석의 윗동을 번갈아 쳐다보았다. 칼로 잘라도 자를 수 없는 비석의 단면이 매끈하게 드러나 있었다.

깨끗하게 죽여 준다는 것은 방금의 저 비석처럼 목을 자르겠다는 말처럼 들렸다.

하나 진자강은 헛웃음이 나왔다.

피식.

제갈명의 눈썹이 꿈틀댔다.

"웃어?"

제갈명의 몸에서 살기가 줄기줄기 뻗어 나왔다. 바로 마주보고 있는 진자강은 등줄기에 소름이 돋는 걸 느꼈다. 온몸이 따끔거리고 심장이 쪼그라드는 기분이 들었다.

두근! 두근!

심장 소리가 바로 귀에 들릴 정도로 압박이 심해졌다. 부채로 얼굴을 반쯤 가리고 노려보는 제갈명의 눈동자가 점점 커지기 시작했다.

세상이 시커멓게 물들면서 제갈명의 눈동자가 점점 커져갔다. 제갈명의 얼굴보다도 더 커졌다. 얼굴을 잡아먹고 몸통을 잡아먹으며 점점 커져서 마침내 진자강을 향해 덮쳐 왔다.

진자강의 몸도 서서히 굳어 가며 경직되기 시작했다.

보통 사람이라면 공포심에 옴짝달싹 못 하고 선 채로 오줌을 지리고 말았을 터였다.

하나 수없는 죽음을 넘어서고 스스로도 수많은 죽음을 만들어 낸 진자강이다. 이미 죽음의 공포를 넘어선 지 오래였다.

으직!

진자강이 힘주어 입에 물고 있는 뿌리를 씹자, 즙이 흘러나왔다. 침과 함께 즙을 삼키자 그 순간 경직된 몸이 풀렸다.

진자강은 정면으로 제갈명의 눈동자를 응시했다. 집채만큼 커진 제갈명의 눈동자가 더 이상 다가서지 못하고 멈췄다.

무덤덤한 진자강을 씹어먹을 듯 바라보기만 할 뿐, 진자강을 해치지 못한다.

서서히 제갈명의 눈동자가 줄어들었다. 그에 따라 세상도 원래대로 돌아왔다.

처음부터 지금까지 아무것도 변한 것은 없었다.

제갈명의 표정만 아까보다 더 살기등등해졌을 뿐.

제갈명이 인상을 쓴 채 말했다.

"섬안(殲眼)을 아무렇지 않게 받아 내는 걸 보니 어린놈이 손에 엄청난 피를 묻히고 살아온 모양이구나. 웃을 만한 자격은 있다는 거냐?"

그제야 진자강이 대답했다.

"자격이 있어서 웃은 게 아닙니다. 그냥 어이가 없어서 웃은 거지."

"뭣이?"

"나는 제갈가와 아무런 연관이 없습니다. 그쪽에서 나를 찾아오지 않았다면 나도 영원히 제갈가를 모르고 살았을 겁니다."

"우스운 말이로구나. 네깟 놈이 뭐라도 된다는 게냐? 네놈이 뭔데 너를 건드리지 않아야 한단 말이냐."

진자강은 그 말에 분노가 치솟았다.

"설사 내가 아무것도 아니라 해도, 당신들이 나를 건드려야 할 하등의 이유가 없습니다."

"정말 그럴 거라 생각하느냐?"

제갈명의 얼굴에 비웃음이 떠올랐다.

"너 같은 놈이 본 가의 행사를 방해하였다는 사실 하나만으로도 천참도륙(千斬屠戮)할 이유로는 충분할 것이다."

"그 행사라는 게……."

진자강이 처참한 느낌이 드는 표정으로 되물었다.

"나를 잡아서 무림총연맹에 끌고 가는 거였습니까?"

"잘 알고 있구나."

"내가 무슨 잘못을 했기에 그렇습니까?"

"그걸 알아보기 위해 부른 것 아니냐. 그런데 감히 연이를 해쳐? 사파의 버러지가 주제도 모르고."

제갈명은 치가 떨리도록 강렬한 적대감을 담아 말을 내뱉었다.

"소저가 죽은 것에 내 책임이 없다고 할 수는 없으나, 직접적인 원인은 내가 아닙니다."

"가증스럽구나. 이제 와서 발뺌을 한다고 본 가의 진노(震怒)를 피할 수 있을 것 같으냐? 말 몇 마디로 제갈가의 진노를 가라앉힐 수 있다 생각할 만큼 본 가가 우습게 보였느냐?"

진자강의 얼굴에도 서서히 살기 어린 미소가 떠오르기 시작했다.

"제갈가가 뭐라고 진노 운운한단 말입니까. 복수를 하고 싶다면 이 자리에서 복수를 하면 됩니다. 고작 그런 위협이나 하자고 나를 기다렸습니까?"

"이런 시건방진 놈이 도대체 뭘 믿고……."

"두 번째입니다."

진자강은 손가락을 들어 보였다.

"제갈가의 사람에게서 협가제갈(俠家諸葛)이라는 이름에 어울리지 않는 행위를 본 것이. 이제 당신들을 다시 만난다면 내가 어떻게 대해야 옳겠습니까?"

"천둥벌거숭이인 줄 알았더니 미친놈이었군. 아무래도 곱게 죽어선 안 될 놈이로구나."

제갈명은 진자강을 바라보며 씹듯이 말했다.

"내 당장 이 자리에서 네놈을 쳐 죽여 질녀의 원혼을 달래고 싶은 마음 간절하기 그지없으나, 그래서야 네놈의 죄에 비해 너무 간단한 단죄가 되겠지."

"저는 지금도 상관없습니다."

제갈명은 껄껄 웃었다.

"천하에서 우리 제갈가를 두고 너처럼 말하는 놈은 매우 드물다. 그게 무슨 뜻인 줄 아느냐? 네가 아까부터 입을 놀려 나의 평정심을 깨뜨리려는 데에는 이유가 있다는 거겠지."

제갈명이 웃음을 뚝 그치고 진자강을 노려보았다.

"네놈의 하잘것없는 격장지계 따위엔 속지 않는다. 숨겨둔 한 수가 있느냐?"

물론 아니란 말은 할 수 없었다. 진자강은 언제든지 백두옹의 독기를 뽑아낼 수 있도록 만반의 준비를 하고 있었다.

미리부터 상대가 그것을 짐작하고 있다는 사실이 다소 놀라울 뿐이었다.

"네놈의 목숨을 던지면 내 팔다리 하나와 바꿀 수는 있을 거라 생각하고 있겠지? 시간 낭비 하지 않는 게 좋을 거다."

진자강은 제갈명이 그렇게 생각하도록 내버려 뒀다. 어떻게 생각한대도 진자강이 손해 볼 건 없었다.

"네놈에게 기회를 주겠다."

제갈명이 남림을 지나 앞에 보이는 산을 가리켰다.

"채령산."

남가촌을 내려다보는 듯 솟아있는 웅장한 산이 거기에 있었다.

"저 채령산을 지나면 화현이다. 화현으로 가는 유일한 길이지."

진자강은 무슨 의미냐는 듯 제갈명을 바라보았다.

"네가 화현까지 갈 수 있다면, 우리 제갈가는 더 이상 너를 쫓지 않겠다."

"간단하군요."

"간단하다고?"

제갈명이 진자강을 조소했다.

"채령산을 지나는 동안 네놈은 살아서 느낄 수 있는 최악의 두려움을 맞이하게 될 거다. 살려 달라고 빌 수도, 죽여 달라고 빌 수도 없이 지독한 공포 속에서 처절한 비명을 지르며 죽어 가게 될 것이다. 그리고 그제야 본 가의 무서움을 뼈저리게 느끼고 후회하게 되겠지."

진자강은 채령산을 바라보았다.

안개가 피어 있고 인근의 여러 산들을 아울러 가장 장대하고 험한 봉우리들을 가지고 있었다. 나무와 수풀은 심하게 우거져 있어서 한낮에도 어두워 보였다.

"시간이 필요하다면 기다려 주지. 네놈이 할 수 있는 최고의 준비를 하고 오너라. 그래야 더욱 절망이 커질 테니까. 하나 달아나거나 도움을 청할 생각은 하지 않는 게 좋을 거다. 우리가 늘 지켜보고 있으니까."

제갈명이 소매를 휘둘렀다.

팍!

진자강의 앞에 피로 물든 것처럼 새빨간 종이 한 장이 날아와 떨어졌다.

최명부(催命符)!

죽음을 재촉하는 부적이다.

그 부적의 가운데에는 사갈독왕이라는 글자가 여지없이 쓰여 있었다.

"우리 제갈가의 초대를 받은 이상, 죽기 전까지 네가 숨을 곳은 없다."

진자강은 최명부를 주워 들더니 제갈명을 노려보면서 그것을 천천히 입에 넣었다.

우적, 우적.

최명부를 씹다가.

그대로 삼켜 버렸다.

꿀꺽.

제갈명은 자기도 모르게 눈살을 찌푸렸다. 진자강의 패기는 실로 미친놈이라고밖에 할 수 없었다.

진자강이 입맛을 다시면서 제갈명을 노려보곤 대답했다.

"초대. 확실히 받았습니다. 응해 드리죠."

　　　　　*　　　　*　　　　*

　진자강은 남가촌으로 되돌아왔다.

　절룩, 절룩.

　걸을 때마다 시선들이 느껴졌다. 이제 이 시선들은 한동안 진자강을 계속해서 따라다닐 것이다. 진자강이 달아나거나 허튼짓을 하지 못하도록.

　진자강은 대수롭지 않게 시선들을 받아넘겼다. 시선은 귀찮을지언정 위협이 되진 않는다.

　당장 모레…… 아니면 며칠 후.

　언제 벌어질지 모르는 싸움에 대비하는 것이 오히려 더 중요했다.

　진자강으로서는 최대한 시간을 끌며 준비할 수 있을 만큼 대비를 해 두어야 살 수 있을 확률이 높아질 것이었다.

　그러나 진자강은 안달복달하지 않았다.

　스스로를 재촉하거나 급하게 움직이지 않았다.

　오히려 숙소를 잡고 하루를 푹 쉰 다음, 거리에 나와 시장을 돌았다.

　거리를 돌며 신기한 것을 구경하고 길거리 음식을 사 먹었다. 의복이며 복장도 적당히 갈아입어서, 누가 봐도 풍류를 즐기면서 시간이나 때우는 것처럼 보였다.

진자강은 지나가다가 보이는 온갖 점포를 다 들렀다. 심지어는 아녀자들의 장신구와 패물을 파는 점포에까지.

이것저것 많이 사서 들고 다녔다. 저녁에 객잔을 들어갈 때엔 양손에 보따리를 한 아름 안고 있었다.

어딜 봐도 제갈가로부터 죽음의 최명부를 받은 자 같아 보이지 않았다.

휘이이잉!

흙먼지를 일으키며 차가운 바람이 불어오기 시작했다.

어느덧, 날씨가 쌀쌀해지고 있었다.

가을이 지나가고 겨울이 성큼 다가오는 중이었다.

운남의 겨울은 바람이 많이 불고 세차다. 일단 바람이 불기 시작되면 봄의 춘절까지는 거의 매일 강풍이 불었다.

*　　　*　　　*

채령산 남가촌이 보이는 산등성이.

울창한 수풀과 굵은 소나무들이 자라고 음습한 공기와 안개가 피어오르는 곳.

그곳 채령산의 골짜기에 엄청난 수의 무인들이 모여 있었다.

문사풍의 차림인 제갈명이 그 한가운데에 서서 하얀 깃털로 만들어진 부채를 들고 무인들을 돌아보았다.

제갈가에서 동원된 무인 오십 명.

또 그들을 보조할 무사 백 명.

총 백오십 명에 달하는 수가 이번 일에 동원되었다.

어지간한 중소 문파 하나는 반나절 만에 전멸시키고도 남을 전력이다.

제갈명은 분노를 드러내며 남가촌을 내려다보았다.

"감히 제갈가를 건드린 죄. 죽어서도 갚지 못하리라. 지옥 불에 타서 후회하며 죽어 가게 만들어 주마."

그것은 자신에게 하는 다짐이며, 또한 이 사태를 지켜보는 강호의 문파들에게 보여야 할 모습이었다.

제갈연은 제갈명이 가장 예뻐하던 조카였다. 전 무림이 주목하고 있는 삼룡사봉이었으며, 무재(武才)가 귀한 제갈가에 축복처럼 내려진 소중한 보물이었다. 십 년, 이십 년 후에는 제갈가를 대표하는 무인이 될 수도 있었다.

아니, 그런 개인적인 이유가 아니더라도 어쨌든 제갈가의 혈연이 죽은 일이다. 이번에 놈을 잡지 못한다면 제갈가의 명예는 크게 실추되고 말 것이다. 강호의 모든 사람들이 제갈가를 비웃을 것이다. 얕잡아 보이고 하찮게 생각할 게 분명했다.

자파의 일원이 죽었는데도 복수하지 못하는 문파는 강호에서 약자로 평가되기 마련이다. 약자는 먹잇감으로 전락하여 순식간에 잡아먹히는 신세가 될 뿐이다.

제갈가를 건드리면 무슨 꼴이 벌어지는지 남들에게도 똑똑히 보여 줘야 했다.

*　　　*　　　*

진자강이 머물고 있는 객잔의 방 안은 잡다한 물건들로 가득해졌다. 옷이나 옷감, 서적도 있었고 그릇이나 간식류의 먹을 것들도 있었다.

그러나 그중에서 진자강이 실제로 필요해서 구입한 건 약방에서 가져온 침구류(針灸類), 대장간에서 사 온 낫, 아녀자들의 장신구를 파는 점포에서 산 작은 은장도(銀粧刀) 같은 것들뿐이다. 나머지는 감시자들의 눈을 흐리기 위해 대충 집어 온 것이었다.

진자강은 숫돌과 물이 담긴 대야를 준비하고 침들을 쭉 늘어놓았다.

절로 쓴웃음이 맺혔다.

본래 환자의 병을 치유하는 데에 사용하는 침은 아홉 가지의 종류가 있어서 각각이 쓰임새와 모양이 다르다.

그러나 진자강은 치료가 목적이 아니라, 사람을 죽일 목적으로 침을 사 왔다. 자신의 신세가 명확해지는 부분이었다.

침들은 길이와 굵기, 모양이 전부 달랐다.

풀숲이나 손이 닿을 수 있는 부분에 숨길 수 있는 용도로 구입한 가느다랗고 작은 일 촌(寸) 길이의 호침(毫針).

바닥에 박아서 쓸 용도. 굵고 단단하여 가죽으로 된 신발 밑창까지 찢고 들어갈 수 있는 사 촌 길이의 피침(鈹針).

손바닥 안에 숨겨서 근거리에서 던지거나 찌를 수 있는 한 치 반 길이의 봉침(鋒針).

먼 거리에서도 정확하게 던질 수 있도록 길고 곧게 뻗은 칠 촌 길이의 장침.

전부 사람을 해치기 위해 용도를 구분하여 집어 온 것들이다.

약문의 후계자이며 약문의 일원으로서 복수행을 하고 있지만, 약문이 해야 할 일의 정반대로 사람을 죽이려 침을 쓰는 모순적인 행위.

그것이 진자강에게 자꾸만 씁쓸함을 떠올리게 한다.

하나 지금에 와서는 멈출 수 없다.

진자강은 숫돌에 침을 하나하나 갈기 시작했다.

사악, 사악.

용도에 따라 길이를 좀 더 줄이거나 끝을 날카롭게 벼리거나 할 필요가 있었다.

바닥에 박을 피침은 끝이 너무 뾰족하면 밟았을 때 부러질 위험이 있었으므로 끝을 사선으로 칼처럼 벼려서 가죽을 찢고 들어갈 수 있게 만들었다.

몰래 숨겨서 찔리게 만들 호침은 더욱 가늘게 갈았고, 손에 쥘 봉침은 중간에 흠집을 내어 손 안에서 미끄러지지 않게 했다.

오랜 시간 정성 들여 침을 간 진자강은 침을 들어 확인해 보았다.

잘 갈린 침 끝이 등불에 빛을 내며 반짝였다.

하나 어딘가 마음에 들지 않았다.

진자강은 다시 침들을 돌려 보았다. 움직일 때마다 침이 반짝거린다.

그제야 무엇이 마음에 들지 않았는지 깨달은 진자강이었다.

진자강은 즉시 밖으로 나가 화방(畫房)에서 아교로 만든 검은 먹을 구해 왔다.

그러곤 그것을 잘 개어 침에 발랐다.

먹물로 칠한 침을 널어 말린 후, 등불에 그것을 들어 보았다.

먹물이 빛을 먹어 버려 반짝이지 않고 시커멓다. 싸움이 낮에 벌어질지 밤에 벌어질지 알 수 없지만, 적어도 밤이 된다면 이 침들은 매우 유용하게 쓰일 것이다.

잘 마른 어두운 색의 먹침은 가죽띠에 잘 꽂아 침상 아래에 숨겨 두었다.

팔다리에 가죽띠를 매면 언제든 뽑아 쓸 수 있었다.

은장도도 꺼냈다.

은장도는 부녀자들이 사용하는 작은 칼이다. 주머니나 소매에 넣을 수도 있고 옷고름 사이에도 몰래 끼워 둘 수 있을 정도로 작다.

진자강이 사 온 건 저렴한 가격의 물건이었기 때문에 실제 은으로 만들어진 칼은 아니었지만, 부녀자들이 사용하기 때문에 여전히 수실이 달려 있고 온갖 장식들이 화려하게 새겨져 있었다.

진자강은 금박이 붙은 장식을 전부 떼어 버렸다. 반짝이는 쇠가 붙어 있으면 야밤에 달빛에 반사될 것이다.

장식을 뗀 후 손잡이도 비틀어 빼냈다. 손잡이는 어두운 색의 가죽이나 검은 천으로 묶었다.

날은 숫돌에 갈아 훨씬 더 날카롭게 벼리되 칼의 옆면에는 아교로 만든 먹물을 칠해 더욱 어둡게 했다.

＊　　　＊　　　＊

며칠 동안 암기를 준비해 둔 진자강은 이번엔 방 안에 약초를 늘어놓고 있었다.

약재상에서 구해 온 약초들은 법제하지 않아 독성이 그대로 남아 있는 것들이었다.

여러 종류의 약초들을 골라 놓고 생각에 잠긴 진자강이다.

'어떤 독을 쓸까.'

이번 싸움에 사용할 독을 아직 정하지 못했다.

독이 있는 음식을 먹어서 독성을 단전에 축적하는 건 진자강이 가장 대표적으로 사용하는 수법이다. 그러나 이에도 단점이 있었다.

모든 초목에는 약성과 독성이 함께 공존했다.

약성이 독성보다 강하면 약초가 되고, 약성보다 독성이 강하면 독초가 된다.

그러나 무림인을 살상할 수 있을 만큼 강력한 독을 얻으려면 상당한 양의 독성이 필요했다. 그러니 약초보다는 독초를 이용하는 게 훨씬 수월한 것이다.

물론 그만큼의 재료를 확보하는 것도 관건이었다. 일 광층만 확보하려 해도 독초 수십 포기를 씹어야 했다.

단순히 효율로만 따진다면 초오(草烏) 등의 맹독초를 이용하는 편이 좋았다. 그러나 초오는 독성이 강한 반면에 워낙 유명한 독이라 그만큼 상대적으로 해독방법도 잘 알려진 편이었다.

독문들이 해독이 어렵도록 자파의 독을 복잡하게 섞어 제조하는 이유가 있는 것이다.

그리고 가장 큰 문제는 진자강이 단전에 여러 가지 독을 한꺼번에 쌓아 둘 수 없다는 점이었다.

많아야 두세 종류.

사황신수나 곤륜황석유처럼 희대의 극독이 아닌 이상에야 서로 섞이며 영향을 주기 때문에, 제대로 효과를 내려면 가급적 한 종류로 통일하는 게 가장 좋았다.

진자강은 약초들을 하나씩 맛보며 고민하고 또 생각했다.

장소는 저들이 정했지만, 시간은 진자강의 편이었다.

진자강은 질릴 정도로 객잔에 오래 머물렀다. 도중에 몇 번이나 짐을 싸서 나가는 척했지만 결국은 다시 돌아오기를 여러 번이었다.

진자강은 당분간 남가촌을 나가지 않을 작정이었다. 제갈가에서 하자는 대로 고스란히 따라 줄 생각이 조금도 없었다.

초대에 응하겠다고 했지 그게 언제까지라고는 약속하지 않았으니까.

*　　　*　　　*

벌써 닷새째.

진자강은 남가촌에서 움직이질 않고 있었다.

아니, 아주 움직이지 않는 것도 아니고 출발하려다가 몇 번이나 되돌아간 적이 여러 번이었다.

그때마다 채령산에서 진자강을 기다리고 있던 제갈가의 무인들은 구궁팔괘진을 펼치기 위해 움직였다가 철수하기를 반복해야 했다.

그야말로 신경이 곤두서지 않을 수 없는 일이었다.

게다가 이들은 야숙을 하고 있었다.

하루 이틀도 아니고 같은 자리에서 닷새나 야숙을 한다는 건 노숙에 익숙한 무림인들이라 할지라도 견디기 어려운 일이었다. 먹는 것부터 잠자리, 용변 문제까지 백오십 명의 인원에게는 결코 작은 일이 아니다.

특히나 겨울이 다가오는 쌀쌀한 날씨는 가뜩이나 불편한 야숙을 더욱 힘들게 만들었다.

그럼에도 불구하고 제갈가의 무인들은 전혀 흔들림 없이

자리를 지키고 있었다.

불평이나 불만이 나올 만도 하건만 조금도 내색하지 않고 있었다.

제갈가의 무인들 기강이 얼마나 잘 잡혀 있는지를 보여주는 일면이었다.

채령산 정상의 막사.

막사에서 진자강이 오늘도 남가촌을 떠나지 않고 있다는 보고를 받은 제갈명이 알 듯 말 듯 묘한 표정을 지었다.

진자강이 매일 마을을 돌아다니고 장터를 구경하면서 느긋하게 즐기고 있다 했다.

배포가 좋은 것인가, 다른 뜻이 있는 것인가.

"놈의 의도는……."

의도를 모르겠다는 말은 내뱉지 않는다. 모른다는 말은 제갈가의 사람에겐 어울리지 않는 말이다.

최대한 상대의 생각을 가늠하고 예측하고 그에 맞추어 상대하는 게 제갈가의 사람들이다.

흰 부채를 들고 생각에 잠겨 있는 제갈명에게 제갈가의 중견 고수 중 한 명인 제갈손기가 말했다.

"정말 이상한 놈이로군요. 보통은 최명부를 받으면 달아나거나 미쳐서 달려들거나 하지 않습니까? 그런데 이놈은 아무 일도 없었던 것처럼 그냥 버티고 있는데요."

제갈명은 진자강을 만났을 때의 눈빛을 떠올렸다.

"아무렇지 않은 척 꾸미고 있는 것이다. 놈은 섬안이 통하지 않을 정도의 살인귀다. 일전에 놈을 만났을 때에도 보면, 놈은 겁먹은 표정이 아니었다. 오히려 담대하게 한 수를 꼭꼭 숨기고 나를 자극하려 들었지."

"심계가 깊고 독한 놈이군요. 독문을 상대할 때도 정면에서 싸우기보다는 머리를 써서 중독시키는 편을 선호했다고 하더니."

"지금도 우리가 지쳐서 먼저 들어오기를 바라고 있겠지. 만일 달아나더라도 쫓기지 않기 위해 우리에게 막대한 피해를 입힌 후에 달아나려 할 것이다."

"여차하면 남가촌의 민간인들을 인질로 삼을 작정이겠군요."

"어차피 예상하던 바였다. 사파의 버러지에게 무엇을 기대하겠나. 다만 조만간 그 생각이 잘못됐음을 알려 줘야겠지. 그때까지는 당분간 즐기고 있도록 내버려 두어도 될 것이다. 그 후에는 지옥이 될 테니까."

독이라는 것은 사용할 수 있는 절대적인 양에 한계가 있는 법.

다수를 이용한 구궁팔괘진의 차륜전에는 결코 당해 낼

수 없을 터였다.

제갈명은 제갈연을 생각하며 말했다.

"연이는 청문기공(靑門氣功)을 익혀서 그 무공이 결코 낮지 않았다. 재기가 있고 총명하여 같잖은 수작에 당할 아이가 아니었지. 거기에 출발 전 무림총연맹이 제공한 피독제를 받았으며 나령환까지 소지하고 있었다."

"그런데도 싸늘한 주검이 되어 돌아왔지요. 설마하니 그럴 거라고는 조금도 생각하지 못했습니다."

"뼈아픈 실책이지. 고작 변방에 불과한 운남 무림에서 독공이나 익힌 하찮은 놈에게 목숨을 잃었으니."

제갈명이 인상을 썼다.

"놈에게는 우리가 모르는 비장의 수가 있다. 그러나 신융이 살아온 걸 보면 여러 번 쓸 수 있는 수는 아니야. 그러니까 우리가 섣불리 움직여서 당해 줄 이유는 전혀 없다. 우리도 놈이 지칠 때까지 최대한 기다렸다가 움직이면 된다. 겉으로는 멀쩡한 척해도 놈의 속은 바싹 타고 있을 것이야."

제갈명이 말을 하다가 잠깐 멈추고 생각했다.

"하지만…… 이대로 있는 건 마음에 들지 않는다. 게다가 정작 사파 놈들이 사갈독왕이 당하도록 가만히 내버려두고 있는 것도 기분 나쁘고. 아무래도 뭐라도 구미가 당길

만한 미끼를 한번 던져야겠어."

제갈명이 진자강을 상대하는 데 있어 충분한 시간적 여유를 두고 구궁팔괘진을 운용하기로 한 것에는 사파의 동태를 파악하기 위한 이유도 있었던 것이다.

이제 사파와의 전쟁이 코앞에 닥쳐 왔음은 제갈가에서도 알고 있었다.

운남 정파를 사파의 사갈독왕이 멸망시킴으로써 신호탄은 쏘아졌다.

이것은 사실상 기선을 잡기 위한 사파와의 전초전이며 탐색전이기도 했다.

"놈들이 어떻게 나오나 보자. 놈들이 사갈독왕을 내팽개치면 내팽개치는 대로 우리에게 유리할 것이고, 그게 아니라면 이번 기회에 전쟁의 시작을 우리 제갈가에서 주도하는 것도 나쁘지 않겠지."

제갈연이 죽었다고 해서 그에 대한 복수를 하는 것만으로 그치는 건 제갈가답지 않다.

이미 죽은 질녀는 무슨 짓을 해도 살아 돌아올 수 없다. 그렇다면 복수는 당연한 것이고, 이왕이면 함께 올가미를 던져서 나머지 사파 일당까지 끌어낼 수 있다면 그것이 제갈가다운 일 처리가 아니겠는가.

　　　　　*　　　*　　　*

　진자강이 남가촌에 머문 지 보름이 다 되어 가고 있었다.

　감시의 눈은 여전했지만 누구도 진자강을 건드리지 않았으므로 진자강은 오히려 느긋했다.

　왜 제갈가가 닦달해 오지 않는지 그게 더 희한할 지경이었다.

　매일 무공을 연습하고 무기를 만들었으며 독초를 씹었다. 지금이 진자강에게는 몸을 회복하고 내공을 다룰 수 있는 수련을 하기에 가장 적합한 시간이었다.

　내공 수련을 하면 할수록 고통스럽고, 혈도의 내구력이 점점 약해지는 게 느껴졌으나 그만큼 내공을 다루는 방법은 익숙해졌다.

　그 과정에서 난폭한 내공의 움직임에 혈도는 계속해서 상했다가 아물기를 반복했다. 우반신은 충격으로 툭하면 핏줄이 터지고 눈마저도 실핏줄이 터져 혈안이 되는 일이 비일비재했다.

　고통은 익숙해지지만 고통 그 자체가 줄어드는 건 아니다.

　오히려 심해져서 밤에는 식은땀을 흘리며 잠을 못 이룰 때도 생기곤 했다.

그러나 진자강은 개의치 않았다.

자신은 몇 년 뒤를 바라보며 살 수 있는 처지가 아니었다.

당장에도 지금이 아니면 영원히 수련할 시간이 없게 될 수도 있었다.

그러니까, 살아 있는 동안에는 최선을 다해야 했다.

어떤 고통이든 참고 감내하면서 마지막까지 목적지를 향해 달릴 뿐이다.

이제 진자강에게 되돌아갈 곳 따위는 없었다.

팍! 파악!

진자강은 객잔 방 안에서 콩이 담긴 자루를 앞에 두고 몇 번이고 오른손 손가락을 벌려 내리찍었다.

일이곡의 금나수법인 포룡박!

익숙해지면 두꺼운 나무줄기에도 손가락을 박아 넣을 수 있다지만, 아직은 콩 자루에 자국을 내는 게 고작이다. 손가락 끝이 아리고 아파 왔다.

보름을 연습했는데도 굳은살이 박이지 않고 미끈하다. 칼을 맞아도 금세 살갗이 아물어 버리는 체질이 굳은살조차 만들지 않게 하는 듯했다.

"후읍!"

진자강은 내공을 극도로 모아 다시 한 번 포룡박을 시도했다.

퍼억!

묵직한 소리와 함께 진자강의 손가락이 콩 자루에 틀어박혔다.

진자강이 손가락을 뽑자 구멍을 통해 콩들이 튀어나와 바닥을 데굴데굴 굴러다녔다.

하지만 그사이 진자강의 얼굴에는 땀이 그득해졌다. 내공을 쓰니 우반신의 혈도가 찢어지는 듯 아파 왔다.

"헉헉. 헉."

진자강의 입가에 살짝 미소가 걸렸다.

진자강에게 남은 것은 예측할 수 없는 미래와 지난한 복수의 길.

하지만 그 과정에서 적어도 조금씩 강해지는 자신의 모습을 보는 소소한 즐거움 정도는 있었다.

진자강은 잠시 쉬었다가 낫을 들었다.

약왕문의 단월겸도 역시 빼놓지 않고 매일 수련하고 있었다.

방이 좁긴 하지만 낫을 휘두르고 동작을 익히기에는 충분했다.

＊　　　＊　　　＊

쾅!

망료는 탁자를 주먹으로 내려쳤다. 생각을 하면 할수록
화가 났다.

"하필이면 광혈천공(狂穴穿孔)으로 혈도를 뚫어 놔서!"

광혈천공은 사파의 살수들이 사용하던 수법.

망료가 진자강의 우반신 혈도를 뚫을 때 쓴 방법이기도
하다.

광혈천공은 혈도의 손상을 감수하고 기의 흐름을 대폭 확
장시켜서 순간적으로 내공의 파괴력을 높이는 수법이었다.

혈도가 파괴되어 가는 과정이 너무나 고통스러워 열에
아홉은 미쳐 버린다고 하여 광(狂)자가 붙었다. 고통에 무
감각하도록 수련받는 살수들조차 그러하니 일반인들이야
오죽하겠는가!

물론 광혈천공의 수법이 있다는 걸 알았을 때, 망료는 진
자강에게 쓰기 딱 좋다고 좋아했다.

그런데 이 광혈천공의 수법에는 치명적인 단점이 있었
다.

순간적으로 힘을 끌어 올리는 데에는 매우 강력하지만,
지속적으로 사용하는 건 불가능하다는 점. 쓸수록 몸이 망

가지니 며칠이고 쉼 없이 전투가 벌어지는 천라지망에 최악의 상성이었다.

망료는 백리중이 진자강의 상태를 알고서 제갈가가 천라지망을 쓰도록 유도했나 싶을 정도였던 것이다.

진자강이 앞으로 내내 고통을 받으라고 광혈천공으로 반신혈도를 뚫어 놓은 것이지, 대번에 천라지망으로 잡혀 죽으라고 해 놓은 게 아닌데 말이다!

으드드득!

망료는 부서져라 이를 갈았다.

이대로 있을 수는 없었다. 어떻게든 진자강을 천라지망에서 끌어내야 했다.

당장 자신이 직접 달려가 진자강을 꺼내 오고 싶어서 몸이 달았다.

그러나 망료는 무림총연맹 귀주 지부에 매여 있었다.

백리중이 망료의 외유를 허락하지 않은 것이다. 쓸데없는 서류 일만 잔뜩 맡겨 놓았다.

망료가 무슨 짓을 할지 모르니 아예 발목을 묶어 두려는 속셈임에 분명했다. 그냥 두면 무슨 짓이든 하지 않고 배기지 않을 망료이니까 말이다. 물론 제갈가로서도 매우 중요한 복수인지라 남의 방해를 받고 싶지는 않을 것이었다.

그러나 그것은 오히려 망료의 집착을 불태우게 만들었다.

망료는 한참이나 머리를 싸매며 고민하다가 마침내 몸을 일으켰다.

심학의 집무실.

힐끔힐끔 눈치를 살피던 심학이 마침내 화를 버럭 냈다.

"아, 거! 일 좀 합시다!"

망료가 심드렁하니 대꾸했다.

"하시게. 내가 뭐 방해라도?"

"거기서 그러고 계시니 내가 일을 하는 데 신경이 쓰이잖소이까."

"신경 쓰지 마시오."

신경이 쓰인다는데 신경 쓰지 말라고 하니 심학이 어이없는 표정을 지었다.

"하루 종일 거기서 날 쳐다보고 있는데 내가 신경을 안 쓰게 되겠냔 말이오."

"군사는 일을 하시오. 나는 그냥 운남 쪽 소문이 궁금할 뿐이니까 그것만 보면 되오."

심학은 명색이 백리중의 군사 역할인지라 온갖 정보를 받아 볼 수 있는 권한이 있었다. 지금도 여러 차례 정보원들이 오가며 기밀 정보를 두고 가는 중이었다.

"그런 걸 내가 함부로 보여 줄 것 같소?"

뚜걱, 뚜걱.

망료는 지팡이를 짚으며 심학에게 가까이 가서 사납게 눈을 뜨고 말했다.

"혹시나 해서 하는 말인데…… 군사? 심 군사는 남이 다 지어 놓은 밥 위에 숟가락만 얹는…… 뭐, 그런 말종 놈들 은 아니겠지?"

심학이 눈을 크게 치켜떴다.

"아니, 지금 사람을 뭐로 보고! 예끼, 여보시오. 내가 그런 마음을 먹었다면 우리 각주님께서 나를 이제껏 데리고 계실 이유가 있겠소이까! 나는 각주님에 대한 충성 하나로 버티고 있는 사람이오! 재물이며 공적에는 털끝만큼의 욕심도 없소이다. 내 망 고문을 그리 보지 않았거늘! 사람을 함부로 매도하지 마시오!"

심학은 침까지 튀며 억울함을 표했다.

"어허…… 내가 오해했다면 미안하오. 심 군사도 알다시피 내가 운남에 쏟은 정성이 적지 않잖소. 나는 심 군사와 달리 속물이라서 속세의 재물에 관심이 많다오. 지금도 내 공을 다른 놈이 채 갈까 봐 아주 불안하단 말이오."

망료가 속내를 드러내며 불쌍한 척 표정을 짓자 심학의 표정이 누그러졌다.

"아니, 각주님께서 가만히 있으면 성 하나를 내주신다잖소. 근데 뭐 그리 안달복달을 하는 거요?"

"심 군사야 각주께서 워낙에 신임하니 문제가 없지만, 나는 이미 찍힌 몸 아니겠소. 언제 내쳐져도 이상하지 않은 몸이올시다. 그러니 지금 당장 손에 없는 성이 무슨 의미가 있겠소."

"그러게 평소에 좀 잘하시지 않고……."

"좀 도와주시오. 이대로라면 제갈가 놈들에게 내 공을 빼앗기게 생겼소. 놈들은 내 공을 채어 가려고 눈이 시뻘게져 있는데 정작 나는 눈도 막히고 귀도 막혀서야 어디 대비를 할 수가 있겠소이까?"

망료가 말을 하면서 심학의 책상 위에 노리개 하나를 슬쩍 밀어 주었다.

심학이 이게 뭐냐는 투로 망료를 쳐다보았다.

망료가 은근한 목소리로 나지막하게 말했다.

"요 앞 낙성루에 귀주 최고의 미색을 가진 기생이 새로 들어왔다 하더이다. 낙성루에 가서 이 노리개를 보여 주면 그 기생에게 안내를 해 줄 것이오."

"그래요?"

심학의 눈초리가 슬쩍 당겨지는 걸 본 망료가 다 안다는 듯 웃었다.

"내 심 군사에게 피해가 갈 만한 짓은 아무것도 하지 않겠소이다. 그저 무슨 일이 일어나고 있는지나 알게 해 주시오. 아무것도 모르고 당하지나 않게 해 주시오. 우리 같은 사람끼리는 서로 돕고 살아야지요. 안 그렇소이까?"

"거 고문께서 이렇게까지 말씀하신다면야…… 흠흠."

심학이 노리개를 향해서 손을 뻗는데, 그 손을 망료가 두툼한 손으로 덮었다.

턱.

심학이 흠칫 놀라 쳐다보자 망료가 심학의 손을 잡은 채 웃었다.

"풍류를 즐기는 건 좋지만 무리하다가 각주님께 혼이 나지 않도록 하시오. 괜히 내가 이런 걸 빌려줬다고 하면 나까지 혼이 날 수 있으니…… 내가 줬다는 건 비밀로."

"비밀로."

심학이 고개를 끄덕였다.

"우리끼리의 비밀이올시다."

"알겠소. 우리끼리의 비밀."

그제야 망료가 손을 치웠다. 심학은 입이 귀에 걸릴 정도로 찢어졌다.

망료가 마음이 변할까 봐 겁이 났는지 심학은 노리개를 소매에 재빨리 넣고는 상자 하나를 앞으로 밀었다.

"이 안에 든 것이 운남에서 온 정보들이오. 필요 없는 건

열지도 말고 넣어 두시고…… 아니, 안 열면 볼 수가 없으
니 열어서 필요한 것만 보시오. 전부 숫자가 적혀 있으니
하나라도 들고 나가면 아니 되오."

"아이구, 고맙소이다. 내 심 군사의 은혜는 잊지 않겠
소."

망료가 웃으면서 다시 한마디를 강조했다.

"우리끼리의 비밀이올시다."

"흐흐, 아무렴. 같은 남자끼리도 가랑이 사이의 일은 서
로 터놓는 게 아니라고 했소이다."

심학이 입이 찢어져라 좋아하고 있는 사이 망료는 천천
히 죽간의 정보들을 펼쳐 보았다.

사갈독왕의 경로를 추적하여 그가 앞으로 지나갈 것으로
사료되는 남가촌 인근의 산에 제갈가가 자리를 잡았다는
것.

그러나 갑자기 사갈독왕이 남가촌에 눌러앉아 움직이지
않는다는 것.

그런 지가 무려 보름이 넘었다는 것.

하여 모든 비용을 조달하고 있는 제갈가에서 곤혹스러워
하며 급한 대로 무림총연맹에 지원을 요청하고 있는 것 등
이 적혀 있었다.

"보름?"

망료는 자기도 모르게 껄껄 웃고 말았다.

과연 진자강답지 않은가.

규칙적으로 모습을 드러내다가 갑자기 일정을 바꿔 버리니 앞에서 매복하고 있던 자들이 닭 쫓던 개 꼴이 되어 버린 것이다.

망료는 안다. 진자강이 움직이지 않을 것임을.

제갈가가 참지 못하고 움직이는 순간에야 움직일 터였다.

그게 진자강이 하는 짓이고, 진자강의 행동 방식이다.

망료가 웃는 걸 본 심학이 자기도 웃으면서 끼어들었다.

"우습지 않소? 나도 사실 망 고문이 있어서 웃지 못했는데 참 웃겼소이다."

망료는 심학의 말이 의아했다. 자신이야 진자강이 하는 양상을 알고 그 때문에 제갈가가 당황해하고 있을 모습이 떠올라 웃은 것이지만, 심학은 무얼 알고 웃는단 말인가?

"심 군사께서는 무엇이 우스웠소?"

"웃기잖소이까. 평소에는 무인이랍시고 거들먹거리더니 가서 하고 있는 거라고는 보름째 가만히 숨어 가지고. 쯧쯧. 그러면서 또 지원은 해 달라고 난리난리…… 아니, 우리는 호광성 소속인데 왜 우리한테 돈을 내놓으라고 해? 누가 자기들보고 거기서 숨바꼭질하라고 억지로 시켰나?"

백오십 명이나 되는 인원이 보급품이 없어서 허덕대는 것은 상상만 해도 우스운 일이었다.

너무 숫자가 많아서 인근에서 물자를 급히 구하려 해도 쉬운 일이 아니다.

최소한으로 따져서 무인 한 명이 하루에 주먹밥 두 덩이를 먹는다고 쳐도 하루에 두 가마의 곡식이 필요하다. 보름이면 서른 가마. 도무지 적은 양이 아니다.

아마 제갈가도 이런 일은 예상하지 못했을 터였다. 쥐새끼 하나도 놓치지 않는다는 구궁팔괘진의 위력만 자신하고 있었지, 그 쥐새끼가 밖에서 얼쩡거리며 들어오지 않을 줄은 몰랐을 테니 말이다.

그렇다고 이제 와서 함부로 움직였다간 진자강이 달아나 버릴지도 모른다.

제갈명의 입장에서야 독 때문에 민간인들이 피해를 입는 걸 원치 않아 신중하게 행동하는 것일 수도 있을 테지만, 옆에서 보자면 다소 웃길 정도로 의아한 부분이 있긴 하다.

"아무튼 그래서 내일 운남 지부를 통해 지원 물품을 보내기로 했소이다. 돈은 우리가 지불하고. 아무리 어이가 없어도 사람 굶길 수는 없지."

투덜거리는 심학의 말을 가만히 듣던 망료가 지나가는 투로 되물었다.

"아, 그렇소? 내일 지원 물품을 보낸다고?"

그러나 망료의 외눈은 심드렁한 어조와 달리 깊은 곳에서부터 반짝이고 있었다.

*　　*　　*

자신의 방으로 돌아온 망료는 조마조마한 마음을 떨치고 진자강이 언제쯤 움직일까 생각해 보았다.

"보름을 버텼다라……."

진자강은 사람을 놀라게 하는 재주가 있다.

망료는 아직도 잊히지 않는다.

구 년 전, 진자강이란 어린놈이 지독문을 공격했을 때.

자기 방, 탁자 아래에서 자신을 기다리고 있다가 쇠꼬챙이를 다리에 꽂았던 일을.

진자강은 그런 놈이다. 천재인지는 알 수 없으나 본능적으로 사람의 허를 찌르는 행동을 할 줄 아는 놈.

어차피 진자강은 남가촌에 갇힌 신세. 나가는 순간 바로 포위되고 말 처지였다.

그렇다면 마을에서 전전긍긍하느냐? 그렇지 않다.

지금 이 순간에도 벗어날 방도를 모색하고 있을 것이다.

이왕 닥칠 문제, 가장 자신이 유리한 순간에 움직이려고 준비를 하고 있음이 분명하다.

기다리던 자들이 지치고 지쳐서 가장 집중력이 떨어질 때를 기다렸다가 말이다.

그럼 그게 언제쯤일까.

"앞으로 열흘 이상은 더 버티겠지."

아무리 무인들이라 해도 고수가 아닌 이상에야 보름 이상 노숙을 하면 몸이 굳는다. 특히나 겨울이 다가오는 지금은 더더욱.

그러나 아무리 전투력이 급감한다 하더라도 팔괘구궁진이다. 제갈가가 자랑하는 천라지망의 진법.

그곳을 지금의 진자강이 돌파한다는 건 아마도 거의 불가능에 가깝다.

사천에서 보낸 자객이 제갈연을 암살하는 데엔 성공했으나 돌아오지 못하고 죽었다. 그러면 그 정도가 지금 진자강이 가진 실력의 한계라고 보면 거의 들어맞을 것이다.

그 정도로 팔괘구궁진을 벗어난다는 건 택도 없는 일.

어떻게든 진자강에게 유리한 상황을 만들어야 한다.

"그렇다면……."

어느 쪽으로 전갈을 보내야 할까.

현재 망료가 닿는 끈은 두 군데.

둘 중 한 곳을 이용해야 진자강에게 도움을 줄 수 있다.

망료는 붓 끝을 톡톡 두드리며 고민에 빠졌다.

하지만 백리중은 사천을 흔들 생각이다. 그것을 알고 나니 더욱 사천에 연락하고 싶지가 않아졌다.

"흥. 사천은 당분간 눈길도 주지 말아야겠군. 감히 나를 이용하려 들어?"

사천을 끌어내는 데 자기를 이용한다는 생각만으로도 기분이 나쁘다. 굳이 대안이 있다면 사천을 쓸 필요가 없다.

망료는 곧바로 서신을 작성했다.

*　　　*　　　*

사파의 대모 여의선랑 단령경.

그녀는 돌연 날아온 소식에 미간을 찌푸렸다.

"제갈가에 식량을 조달한다고?"

수하가 단령경에게 전서구가 매달고 온 서신을 보여 주며 말했다.

"제갈가에서 생각보다 식량 조달 문제로 곤란을 겪고 있다 합니다. 하여 무림총연맹 운남 지부에서 남가촌으로 식량 수레를 보낸다는 정보입니다."

수하가 자세한 소식을 곁들여 설명했다.

"제가 알아본 바, 수레 다섯 대에 곡물을 싣고 짐꾼 스물, 호위 서른을 붙일 예정으로 보입니다."

단령경은 찻주전자에 찻잎을 넣으며 한동안 생각에 잠겼다.

"저희 측 고수 셋 정도면 충분히 식량을 탈취할 수 있습니다. 하면 제갈가는 열흘 이내에 식량이 떨어져 움직이지 않을 수 없게 됩니다."

단령경은 바로 대답하지 않고 좀 더 생각을 곱씹었다.

진자강이란 아이의 존재는 참으로 희한했다.

무공이나 배경이 이런 관심을 받을 만큼의 가치가 있느냐 하면 그건 아니었다. 물론 제갈연을 죽임으로써 어느 정도 자신의 잠재력을 증명하긴 하였으나, 그게 다였다. 그 정도의 재능을 가진 이는 차고도 넘치는 게 강호였다.

그런데도 진자강은 누군가의 관심을 지대하게 받고 있었다.

그만큼 쓰임이 있다는 뜻인가. 아니면 단순히 관심을 받음으로써 미끼의 역할을 수행할 뿐인 것인가.

진자강이 과연 쓰고 버리는 말 이상의 가치가 있는가? 아니, 애초에 쓸 만한 말로서의 가치나마 있었는가.

아무래도 이상했다.

그러니 자연히 단령경도 진자강에게 관심을 가질 수밖에 없었다.

무언가 잘못됐다는 생각이 들어도 그 이유를 알기 전까지는 함부로 속단하기 어려웠다.

단령경이 수하에게 하고 싶은 말을 계속하라는 듯 손을 들어 보였다.

수하가 보고했다.

"이번 일이 끝난 직후, 무림총연맹에서 대대적으로 저희 쪽에 공격을 가할 거라는 얘기가 있습니다. 그 때문에 제갈가에서도 필사적으로 사갈독왕을 잡고 싶어 하는 것 같습니다. 만일 이번 일을 실패하도록 만든다면 저희 쪽에 유리한 상황을 만들 수도 있을 법합니다."

한참 설명을 듣고 있던 단령경이 되물었다.

"소년이 그만큼 제갈가에 의미가 있다는 뜻인가?"

"제갈가의 핏줄이 당했으니 복수의 의미가 크다고 봅니다."

"그렇게 중요한 행사인데…… 제갈가에서 보름이 지나도록 소년을 그냥 내버려 두고 있다는 얘긴가?"

"소년이 단순히 객잔에 머물고 있는 게 아니라, 매일 행장을 꾸렸다가 다시 풀고 있다 합니다."

단령경은 천천히 찻잎을 저으면서 말을 내뱉었다.

"속이고 있군."

"예. 금방이라도 떠날 것처럼 행동하고 있으니까 제갈가에서도 그게 언제인지 몰라 쉽사리 움직이지 못하고 있는 듯합니다."

"아니, 그 소년이 아니라 제갈가가 말일세."

"예?"

단령경은 고혹적인 미소를 지으며 차를 한 입 머금었다.

"천하의 제갈가가 스무날이 지나도록 소년 하나를 처리하지 못하고 허둥댄다. 식량 문제가 생길 정도로 아무런 대책 없이 길목을 지키고만 있다……."

단령경이 차를 마시고 다시 웃었다.

"장기전의 기본은 병참이라네. 한때 군부(軍部)에 몸담았던 제갈가에서 가장 중요한 물자 보급을 도외시하고 전술을 짰을 리가 있겠는가."

"하면……."

"급하게 식량 조달을 한다는 얘기가 나오지 않았다면 나도 깜박 속을 뻔했군."

단령경이 딱 잘라 말했다.

"제갈가에서 얄팍한 수작을 부리고 있는 중일세."

수하가 어려워하며 물었다.

"속하, 이해하기가 어렵습니다. 그래서 제갈가가 얻을 수 있는 게 무엇입니까? 오히려 스무날이 지나도록 제대로 행동하지 못하니 남들에게 비웃음이나 사지 않겠습니까."

쪼르륵.

단령경은 다시 차를 따르며 말했다.

"비웃음은, 성과가 나오는 순간 아무런 의미가 없지. 내 생각엔 제갈가에서 우리를 끌어내기 위한 미끼를 던진 것처럼 생각되는군. 그들은 소년을 우리 흑도의 인물로 알고 있어. 그래서 우리가 나설 거라 생각하는 걸 게야."

무림총연맹은 어떻게든 전쟁을 통한 확장을 노리고 있었다. 사갈독왕이 사파인이라고 거짓 소문을 퍼뜨리고 다니기까지 한 걸 보면, 더더욱 일촉즉발의 위험한 상황이다.

그러나 아직 사파는 싸울 준비가 되지 않았다.

이런 마당에 함정일 가능성이 큰 일에 고수를 투입할 수는 없었다.

사파의 고수를 잃는 것도 아깝고 그로 인해 무림총연맹에 빌미를 줄 수도 없다.

"그럼…… 서신은 어떻게 할까요? 그냥 무시할까요?"

"아니. 그래서야 애써 준비한 쪽도, 받아 줘야 할 우리도 서운하지. 운남 지부 쪽에 있는 몇 군데 산채를 사주해 움직여 보게."

"하지만 운남에는 독문이 오랜 시간 장악하고 있던 바, 몇 안 되는 산채라고 해도 어중이떠중이밖에 남지 않았습니다. 그런 자들로 무림총연맹의 수레를 탈취할 수 있을지 모르겠습니다."

"그래서 딱 적당한 거라네. 그런 피라미들로도 탈취가 가능하다면, 제갈가에서 노리고 있는 게 있다는 걸 확인할 수 있겠지."

"아…… 말씀하신 의미를 알겠습니다."

"시간이 없으니 당장 움직이게. 아, 그리고 한 가지."

잠시 말을 고르던 단령경이 한 가지 명을 더했다.

"이번 수작이 실패하면 제갈가는 즉시 움직일 걸세. 진가 소년에게 제갈가가 움직일 거라고 귀띔해 주게. 데리고 나올 수 있다면 좋겠지만 제갈가가 쉽게 놓아주지 않을 터이니, 그것까진 힘들겠지."

수하의 표정이 어두워졌다.

"현재 남가촌은 완벽하게 제갈가와 무림총연맹의 수중에 있습니다. 저희 인원을 전부 빼 와서 다시 접근하기가 어려울 겁니다."

"하지만 소년이 아무것도 모르고 당하게 둘 순 없다네. 어렵겠지만 최선을 다해 주게."

수하가 입술을 꾹 깨물고 고개를 끄덕였다.

"존명!"

수하는 순식간에 그림자가 되어 사라졌다.

단령경은 서신을 손안에 넣고 주먹을 쥐었다. 흰 연기가 살짝 피어오르며 순식간에 재가 떨어졌다.

단령경은 자리에서 일어나 창밖을 보았다. 그러곤 중얼거리듯 혼잣말을 했다.

"당신에게 이 소년이 어떤 의미가 있는 거지? 당신은…… 여전히 음모와 계략, 더러운 술수에 빠져 있군. 언젠가 그것이 당신에게 고스란히 되돌아갈 비수가 될 거야."

어쩐지 안타까움이 섞인 듯한 어조의 목소리였다.

*   *   *

제갈명은 식량을 싣고 온 수레를 확인했다.

수레는 반밖에 오지 못했다. 나머지는 강탈당하거나 불에 탔다고 했다.

몇몇 무사는 죽었고 일꾼들도 몸이 상했다.

그러나 제갈명은 화를 내지 않았다.

비어 버린 수레를 보는 제갈명의 표정은 크게 변하지 않았다.

수레의 호위를 맡았던 초췌한 몰골의 한 무사가 제갈명의 앞으로 왔다. 금방이라도 쓰러질 것 같았던 무사의 눈빛이 형형하게 빛났다.

평범한 복장을 하고 있지만 실상은 청룡대검각 소속의 고급 무사다.

"적은?"

"평범한 산적들이었습니다. 세 번의 공격이 있었는데, 그중에 고수는 단 한 명도 없었습니다."

"걸려들지 않았군."

"그런 것 같습니다."

"정보가 샌 것은 확실하고."

"예상하신 대로입니다."

조무래기 산적들 몇으로는 사파를 엮을 수 없다.

"아쉽게 됐군. 저쪽에서 아주 최소한의 성의는 보였으니 그 정도로 만족해야겠어. 대신 저쪽에서는 사갈독왕을 구할 생각이 없다는 것도 알게 됐네. 각주께 잘 전해 주게. 언제까지 기다릴 수도 없으니 이쪽도 슬슬 일의 마무리를 지어야겠네."

"알겠습니다."

무사가 물러나고 나자, 제갈명은 무심코 부채를 펼쳐 부치려다가 바람이 제법 쌀쌀함을 깨닫고 다시 내렸다.

제갈명이 제갈손기를 보고 말했다.

"벌써 한 달이 다 되어 가는군."

"그렇습니다."

"근 시일 내에 남가촌으로 내려간다."

제갈명이 살기 어린 미소를 지었다.

"단 한 명도 남기지 않도록."

제갈손기가 눈을 빛냈다. 제갈명이 하고자 하는 말의 의미를 충분히 알아들었다.

"예, 형님."

第四章

정세에 눈을 뜨다

진자강은 자신에게 주어진 시간을 충분히 활용했다.

일전에는 급하게 사용해야 했던 내공 운용도 매우 익숙해졌고 암기와 독의 준비도 상당수 끝내 놓았다. 포룡박과 단월겸도, 분수전탄도 쉬지 않고 단련했다.

내공을 쓰지 않고 암기를 던지는 방법도 부단하게 연습했다.

별다른 무공이 없는 진자강에게 그것들은 위기의 순간에 목숨을 맡길 수 있는 거의 유일한 구명줄이었다.

그렇게 스무날이 지나 근 한 달이 가까워졌다.

그 시간은 그동안 쉼 없이 달려왔던 진자강에게 자신을

충전할 수 있는 매우 소중한 시간이었다.

그리고 진자강이 기다리던 때이기도 했다.

진자강은 하늘을 보고 구름의 방향을 가늠했다.

바람을 확인했다.

겨울이 찾아오면서 날은 매우 건조하고 바람은 풍향이 바뀌며 더욱 거세져 있었다.

'됐어.'

이제 진자강은 언제든 움직일 수 있게 되었다.

그러나 진자강은 아직 제갈가에 대해서 의아한 생각이 사라지지 않았다.

'너무 움직임이 없다.'

진자강이 일부러 시간을 보내고 있는 걸 뻔히 알 텐데도 상대는 전혀 대응하지 않고 있었다. 심지어 조금의 조급함도 느껴지지가 않았다.

그래서 진자강은 뭔가 잘못되고 있다는 느낌을 받았다.

이것은 단순히 진자강보다도 더 인내심이 긴 자가 버티고 있기 때문이 아니었다.

무언가 다른 이유가 있는 것이다.

덕분에 필요한 만큼의 시간을 얻었지만, 기분은 매우 좋지 않았다.

진자강은 가벼운 등짐 차림으로 객잔을 나섰다. 언제든 떠날 수 있는 준비를 하고, 상대에게도 그렇게 보이도록 하는 데에 의미가 있는 차림이었다.

적당히 장터를 돌고 점심을 먹었다. 남가촌은 크지 않은 마을이었다. 한 달을 내내 마을을 돌아다녔더니 이제는 구석구석 안 가 본 곳이 없을 지경이었다. 물론 그것은 이곳이 싸움터가 되었을 때를 대비한 것이기도 했다.

한데 오늘은 돌아오는 길에 이제껏 없었던 이가 보였다. 길 가 나무 아래에 점쟁이가 자리를 깔고 있었다.

천하무불통지(天下無不通知)!

신산 점복(神算 占卜)!

쥐 수염의 점쟁이는 뒤쪽 담벼락에 천하에 모르는 것이 없다는 광오한 뜻의 표어를 붙여 놓았다. 물론 그건 정말로 그렇다기보다는 점쟁이들이 흔히 쓰는 말이었다.

한 달을 내내 마을을 돌아다녔던 진자강이다. 그동안 없던 변화가 생겼다는 것은 상황이 달라졌음을 의미한다.

점쟁이 노인과 눈이 마주쳤을 때, 노인의 눈빛이 살짝 변했다.

진자강은 거리낌 없이 점쟁이의 앞으로 갔다.

"점을 보고 싶나? 복채는 두 닢일세."

"제 운수가 앞으로 어떨지 봐주면 좋겠군요."

노인은 산통을 들어서 흔들었다. 웅얼거리면서 육효(六爻)를 계산하는 듯 손가락을 꼽았다.

"까닭 없는 비바람이 봄 끝나기를 재촉하는구나. 가지 끝에 맺힌 복숭아꽃이며 오얏꽃이 다 떨어지고……."

그러다가 대나무 살 여러 개를 뽑아 앞에 늘어놓았다.

산통에 들어 있던 얇은 대나무 살에 세로로 글자가 쓰여 있었다. 진자강은 대나무 살 하나에 한 줄씩 쓰여 있는 글귀를 읽었다.

글귀를 본 진자강의 눈동자가 커졌다.

　　근일(近日) 제갈진군(諸葛進軍)
　　구궁팔괘진(九宮八卦陣)

여기에서의 진군은 군대가 이동한다는 의미가 아니다. 진법에서 군(軍) 자는 진을 친다는 의미로 쓴다.

즉, 가까운 시일 내에 제갈가에서 남가촌으로 와 구궁팔괘진을 펼칠 거라는 뜻이다.

진자강은 제갈가가 움직이지 않을까 예상했지만 진 자체를 남가촌 쪽에 펼칠 수 있을 거란 생각은 못 했다.

'그게 가능한 것인가?'

보통 진법은 한자리에서 고정하여 펼치는 것으로 알려져 있다.

하나 진법의 명가로 알려진 제갈가라면 상식을 뛰어넘어 개진(開陣)하는 것도 불가능한 일은 아닐 것이다.

그 사이에도 노인은 쓸데없는 말을 주절대고 있었다.

"알고자 하는 정성이 지극하다면 누구나 예측하고 이룰 수 있는 법! 이것이 신기묘산이며 하늘의 이치가⋯⋯."

노인이 입으로 중얼거리는 것은 아무 상관없이, 대나무 쪽에 쓰인 이것이 노인이 알려 주려는 진짜 정보였다.

'남림에 제갈가의 무인들이 진을 치고 있다. 나를 잡으려.'

그러나 진자강은 여전히 의문이 가시지 않는다.

진자강이 조용히 물었다.

"일전에 내게 남림을 주의하라 알려 준 것이 노인의 일행이었습니까."

그러자 노인이 눈에 띄게 당황했다. 그런 말을 대놓고 물어볼 거라는 건 전혀 생각지도 못했다는 듯한 눈빛이었다.

임마! 내가 이렇게 조심조심 은밀하게 말하는 데에 이유가 있을 거 아냐? 이거 눈치 더럽게 없는 놈이네?

라는 눈빛이었다.

하지만 진자강은 노인의 눈빛을 무시하고 계속 말했다.

"여의선……."

진자강이 여의선랑 단령경이 보냈느냐고 묻기 위해 세 글자를 내뱉었을 때, 점쟁이 노인은 안색이 하얘져서 주변을 둘러보더니 재빨리 고개를 끄덕였다.

하나 나지막하게 대답은 해 줬다.

"영주께서 보내셔서 왔네."

영주라 함은 여의령주, 단령경이 맞을 것이다.

진자강이 말했다.

"말씀 감사하다 전해 주시고, 보는 눈이 많습니다. 조심히 가십시오."

노인의 이마에 땀방울이 맺혔다.

'이 눈치 없는 새끼! 보는 눈이 많다는 거 알면서!'

노인은 슬쩍 땀을 훔치면서 급하게 짐을 챙기기 시작했다.

"허어! 아무래도 천기누설을 너무 많이 했는가 보이. 날씨도 창창한데 벌써부터 뼛속이 다 시리구나."

진자강은 노인에게 복채로 동전 몇 개를 건네줬다. 노인은 동전을 받고 헐레벌떡 떠났다.

그 노인의 뒷모습을 진자강은 가만히 바라보았다.

갑자기, 주변을 둘러싼 공기가 달라졌다는 걸 느낄 수 있었다.

점쟁이 노인, 편복(蝙卜)은 종종걸음으로 급히 달아났다.

노인은 정보를 주워듣고 소문을 전달하는 박쥐 역할을 하는 자였다. 주로 점쟁이로 활동하는 탓에 편복(蝙蝠)이 아니라 동료들이 복(卜) 자를 붙여 주었다.

편복은 지금 진자강의 말을 듣고 크게 당황한 중이었다.

"제기럴, 영주의 말씀이 옳았군. 제갈가 놈들이 사방에 천지야."

세작들이 잔뜩 깔려 있는 남가촌에서 얼른 벗어나고 싶었다.

이미 감시의 눈길이 몇이나 따라붙었다.

편복은 더 발길을 빨리했다.

하나 편복이 사람들의 눈을 피해 급하게 골목을 돌았을 때에, 이미 앞쪽에 두 명의 남자들이 기다리고 있었다. 쇠스랑을 든 농부와 물지게를 진 일꾼이었다.

평범해 보이지만 평범한 조합이 아니었다.

편복은 곧바로 몸을 돌렸다. 들어온 골목을 돌아서 다시 나가려고 하는데 뒤쪽에서도 두 명이 나타나 길을 막았다.

점소이와 한량 한 명이었다.

편복은 와락 성질을 냈다.

"댁들은 뭔데 대낮부터 멀쩡한 길을 막고 서 있는 겐가! 내 급한 용무가 있어 가는 길이니 썩 비키지 못할까!"

하나 앞뒤를 둘러싼 넷은 편복을 조소했다.

"다 알고 왔으니 허튼수작은 그만하시지."

"누가 보내서 온 놈이냐?"

점소이가 짧은 단검을 위로 던졌다 받았다 하며 위협했다.

"좋은 말로 할 때에 순순히 부는 게 좋을 것이야. 우리도 그리 시간이 많은 사람들이 아니기 때문에 많이 과격해질 수 있어."

편복이 담벼락을 밟으면서 위로 뛰었다. 동시에 손을 소매에 넣었다가 뺐다. 손가락 사이에 대나무 살 여러 개가 끼워져 있었다.

편복이 공중에서 손을 휘둘렀다.

좌라라락!

대나무 살이 사방으로 날았다.

편복의 앞뒤를 둘러싸고 있던 세 명은 저마다 무기를 휘둘러 대나무 살을 쳐 냈다.

티팅! 팅팅!

편복의 머리 위로 그림자가 드리워졌다. 물지게를 지고 있던 일꾼 복장의 남자가 편복이 움직임과 동시에 똑같이 벽을 밟고 뛰어올랐던 것이다.

일꾼 복장의 무인이 물지게를 휘둘러 위에서부터 아래로 편복의 머리를 강타했다. 편복은 급히 팔을 교차해 물동이를 막았다.

펑!

나무판자를 엮어 만든 물동이가 산산조각 나며 물이 흠뻑 쏟아졌다.

"크억!"

편복은 그대로 추락해 바닥으로 떨어졌다. 팔을 짚고 몸을 뒤틀어 넘어지면서도 몸을 일으키려 했다. 점소이가 바닥을 미끄러지듯 다가와 편복을 찔렀다.

편복은 바람 소리를 듣고 급히 몸을 튕겨 일어났으나 어깨에 단검이 찔리고 말았다. 편복이 대나무 살을 뽑아 다시 한 번 휘둘렀다.

점소이가 바닥으로 몸을 뉘이며 황급히 뒤로 피했다. 편복은 어깨에 꽂힌 단검을 뽑았다.

"입만 남아 있으면 되니까, 도망가지 못하게 발목의 힘줄을 잘라."

한량의 명령에 농부가 손을 썼다. 끝이 셋으로 갈라진 뾰족한 쇠스랑을 아래쪽으로 휘둘렀다. 편복은 등 뒤에 짊어진 깃발을 잡고 주저앉았다.

등 뒤에 매인 깃대에 쇠스랑이 걸렸다.

깡!

쇳소리가 났다. 천하무불통지의 글이 쓰인 깃발은 대나무처럼 보였으나 안에 철심을 박은 쇠막대였다.

편복이 등 뒤의 깃발로 바닥을 찍고 뒤로 재주넘듯이 훌쩍 제비를 넘었다. 쇠스랑이 연신 따라가며 바닥을 긁었다.

계속 재주를 넘던 편복의 등이 담에 부딪쳤다. 더 이상 달아날 데가 없었다.

농부가 쇠스랑으로 편복의 다리를 걸었다. 쇠스랑에 오금이 걸려 편복이 넘어졌다. 농부는 편복의 장딴지를 발로 밟고 쇠스랑으로 편복의 발뒤꿈치를 그었다. 뒤꿈치의 힘줄이 끊어지고 피가 튀었다.

"으아악!"

"닥치지 않으면 한쪽 더 그어 버린다."

농부가 다른 쪽 다리를 밟고 쇠스랑을 갖다 댔다.

편복은 이를 악물고 비명을 참았다.

"으윽, 으으윽."

"누가 보내서 왔습니까?"

"……."

농부가 한 말치고는 좀 어투가 이상했다. 농부가 돌아보며 자기가 한 말이 아니라고 고개를 저어 보였다.

"내가 물어봤습니다."

옆쪽.

편복을 포함한 다섯 사람의 고개가 돌아갔다.

진자강이 골목의 입구에 서 있었다.

진자강을 본 농부와 한량 등의 표정이 좋지 않아졌다.

한량이 건들거리면서 손을 저었다.

"보아하니 샌님 같은데 험한 꼴 보기 전에 꺼지쇼. 이자가 우리 돈을 떼먹고 달아나서 받으려는 거니까."

한량의 말투는 정말로 뒷골목의 건달 같았다. 그러나 진자강은 미동도 없었다.

"누가 보내서 왔느냐고 물었습니다."

"누가 보내긴 무슨 말도 안 되는 소리를 하고 있……."

진자강은 시선을 옮겨서 점소이 복장의 남자를 쳐다보았다. 점소이가 찔끔하면서 슬쩍 시선을 회피했다.

"당신은 어제 반점에서 봤죠. 돼지 내장을 넣은 비장분(肥腸粉)의 국물 맛이 좋았던 기억이 납니다."

점소이가 모른 척 눈살을 찌푸렸다.

"난 오늘 널 처음 본다! 뭔 헛소리야!"

한량이 끼어들었다.

"어이, 뭔가 오해가 있는 모양인데……."

진자강이 고개를 끄덕였다.

"오해가 있다면 들어 드리죠."

한량이 화를 버럭 냈다.

"내가 왜 그런 걸 네놈에게 일일이 설명해야 하지! 썩 꺼지지 않으면……."

"그러지 않으면 어쩔 겁니까?"

진자강이 한 걸음을 성큼 다가섰다.

그 순간 한량이 흠칫 놀라서 한 걸음을 뒤로 물러났다. 소름이 돋았는지 한량의 드러난 팔뚝이 닭살처럼 우둘투둘 변해 있었다.

자신이 놀라 물러나 놓고서도 한량은 아차 싶은 표정을 지었다. 자신이 진자강에 대해 알고 있다는 걸 은연중에 드러내고 만 셈이 되고 말았다.

"날 아십니까? 겁먹은 표정입니다만."

"누가 겁먹었다는 거냐! 난 널 모른다!"

하지만 목소리가 떨렸다.

그러자 진자강은 양손을 태연히 늘어뜨린 채 골목 안쪽으로 걸어 들어왔다.

"소문이라는 건, 오해를 동반하면서도 의외로 편한 데가 있는 것 같습니다. 정말로 내가 그런 사람이 아니더라도 그렇게 생각하게 만드는 힘이 있더군요."

네 무인들은 진자강이 점점 가까이 다가오자 긴장해서

무기를 꽉 꼬나 쥐었다. 그로 말미암아 진자강의 의심은 점점 더 확신으로 변해 가고 있었다.

"수백 명의 민간인을 학살하고 수백 명의 고수들을 독으로 녹여 버렸고…… 그런 소문이었지요, 아마."

절룩, 절룩.

네 무인의 눈이 발을 절면서 걸어오는 진자강의 다리로 향했다. 발을 저는 것은 곧 그들이 감시하고 있던 자의 가장 큰 특징.

"가, 가까이 오지 마라!"

하지만 진자강은 아랑곳않고 그들을 향해 걸어갔다.

절룩, 절룩.

"지독문을 멸문시켰고 석림방도 불태워 버렸습니다. 암부까지는 내 손으로 태워 버린 게 기억나고요. 독곡도 마찬가지 꼴이 되었다고 들었습니다."

진자강의 말투는 매우 미묘했다. 독곡은 자신이 했다는 건지 안 했다는 건지 애매모호했다. 그러나 그게 별로 중요한 건 아니었다. 어쨌든 진자강이 관여한 건 사실이었으니까.

"그리고 얼마 전에는 제갈연이라는 소저도 찾아왔던 걸로 기억합니다. 물론 죽었습니다."

네 무인도 당연히 알고 있다. 제갈연이 죽었다는 걸. 제갈연은 삼룡사봉 중의 한 명이며 후기지수들 중에서는 당연히 고수로 손꼽힌다.

"일부는 내가 한 일이 아니지만, 어쨌든 다들 내가 했다고 그러더군요. 그래서 나는 내가 사갈독왕이라고 불리는 걸 알게 됐습니다."

진자강의 입에서 사갈독왕이란 말이 나오자 네 무인들은 이를 악물었다. 상대가 정체를 다 밝혔다는 것에는 많은 의미가 담겨 있다. 아무래도 모른 척하고 달아나기는 글렀다는 생각이 들었다.

진자강이 언뜻 자리에 멈췄다.

그러더니 말했다.

"내가 아는 건 다 설명했습니다."

"무슨 수작이냐!"

"날 모른다고 해서 내가 나에 대해 아는 걸 일일이 설명한 겁니다."

진자강이 살기 어린 표정으로 섬뜩한 미소를 지었다.

"자, 그럼 이제 내가 꺼지지 않겠다고 하면 당신들은 어쩔 겁니까?"

순식간에 분위기가 얼어붙었다.

여기 있는 넷은 변장과 잠입이 주특기지 무공이 아주 뛰어나다고는 할 수 없다. 운남 무림을 쑥대밭으로 만들어 놓은 사갈독왕을 상대한다는 자체가 어불성설이었다.

애초에 상대가 가능하다면 굳이 감시만 하고 있었을 리 없지 않은가!

넷이 서로 눈치를 주고받았다.

달아나자!

물론 한 사람은 남아야 한다. 그러면 아무리 사갈독왕이라도 전부 잡을 수는 없다는 계산이었다.

한량이 다른 셋에게 눈빛으로 신호를 보냈다. 자신이 희생하여 나머지 셋을 살릴 생각인 것이다. 한량이 진자강에게 뛰어들 태세를 취했다. 그리고 다른 셋은 한량이 뛰어듦과 동시에 사방으로 달아나려 준비했다.

하지만 한량이 막 발뒤꿈치를 떼면서 뛰려 하고, 셋의 시선이 갈라진 찰나.

진자강이 갑자기 작은 주머니를 들어서 거꾸로 뒤집었다.

확!

정체 모를 거뭇한 가루가 쏟아졌다.

골목의 입구에 먼지처럼 뿌옇게 가루들이 피어올랐다. 막 진자강에게 달려들려던 한량이 소스라치게 놀라 뒤로 자빠졌다.

진자강은 넷을 바라보며 담담하게 말을 이었다.

"내가 지금 뿌리고 있는 건 무슨 독일까요. 당신들은 이쪽으로 지나갈 수 있을까요, 아니면 그러지 못할까요."

한량을 비롯한 나머지 셋은 숨을 멈추고 뒤로 물러섰다. 독을 뿌려 놓았으니 달려들 수가 없었다.

어쩔 수 없이 반대 방향으로 달아나야 했다. 잡히면 자결할 각오를 하고 잡히더라도 최소한의 숫자만 잡히는 길밖에 없었다.

진자강이 넷에게 말했다.

"당신들에게 원한은 없습니다. 묻는 말에 대답만 한다면 보내드리겠습니다."

넷은 당연히 그럴 생각이 없었다.

"뛰어!"

한량이 소리침과 동시에 넷은 반대 방향으로 달아났다. 몸이 빠른 점소이가 가장 먼저 달려 나갔다. 점소이가 골목 길의 끝에서 꺾어져 사라진 순간 비명이 울렸다. 이어 일꾼 복장의 무인 역시 골목을 꺾은 순간 마찬가지로 비명을 내질렀다.

"악!"

"큭!"

한량과 농부는 급하게 멈춰 섰다. 점소이와 일꾼이 앞에서 나동그라져 있었다. 둘 다 발을 붙들고 끙끙거렸다. 바닥에 뭔가 있는 모양이었다.

한량과 농부는 뭐가 어떻게 된 일인지 몰라 그곳을 지나갈 수가 없었다.

곧 바로 뒤까지 진자강이 따라왔다.

진자강이 주먹을 휘둘렀다. 농부가 쇠스랑을 들어 진자강의 주먹을 막으려 했다. 진자강은 주먹을 비틀어 농부의 팔뚝을 쳤다.

뜨끔!

농부는 팔뚝에 뭔가가 박혀 뜨끔한 걸 느꼈다. 주먹의 사이에 침 같은 걸 숨기고 있던 모양이었다.

"젠장!"

농부는 비명을 지르면서 뒤로 물러났다.

진자강은 바로 한량에게로 방향을 바꿨다. 한량은 방금 일꾼이 진자강의 공격을 막았다가 비명을 지르는 걸 봤기 때문에 섣불리 진자강을 맞상대하지 않았다.

진자강이 공격하면 흠칫 놀라서 몸을 빼고, 물러나며 계속 피하기만 했다.

그런데 진자강의 주먹을 몇 번 피하면서 한량은 다소 의아하다는 생각이 들었다.

사갈독왕은 운남 독문을 멸망시킨 자다. 제갈연을 쓰러뜨리기도 했다. 그럼 분명 엄청난 고수여야 했다. 눈에 보이지도 않을 정도로 신법을 쓰거나 손만 뻗으면 독이 날아다니거나 어느 쪽이든 말이다.

한데 몸놀림을 보면 날렵하긴 해도 무공의 고수라고 보기는 어려웠다. 아무리 잘 봐줘도 자기보다 그렇게 나을 것 같지 않았다. 그래서 오히려 더 혼란스러울 정도였다.

한량은 여기 있는 이들 중에서 가장 무공이 뛰어난 편이다. 뒷골목 시정잡배들이라면 열 명, 스무 명도 동시에 상대할 수 있다.

'설마…… 이자가 아닌가?'

사갈독왕이 아니라면……?

아니, 하지만 이자가 사갈독왕이 아니라면 다른 동료 셋은 왜 바닥을 뒹굴고 있겠는가.

한량은 혼란스러웠지만 점차 진자강의 움직임이 눈에 익숙해졌다. 발을 절고 있어서 그런지 생각보다 공격이 빠르지도 않았다.

'이놈, 처음에 소문이 어쩌고 했었지. 정말로 소문이 과장된 건가?'

두려움 반 의혹 반으로 한량은 공격을 시도해 보았다.

뻗어 오는 진자강의 손목을 손바닥으로 누르면서 다른 손 장심으로 진자강의 관자놀이를 쳤다.

빡!

진자강의 머리통이 흔들리며 몸이 기우뚱했다.

"어?"

마지막 순간에 진자강이 고개를 틀었기 때문에 제대로 맞지는 않았다. 그러나 한량은 자기 공격이 한 번에 통할 거라는 생각을 전혀 못 했기에 얼떨떨했다.

'이놈…… 사갈독왕이 맞아?'

자기가 아는 사갈독왕이라면 털끝도 건드리지 못해야 정상이 아닌가.

그러나 한량은 자신의 손이 진자강의 손에 붙들려 있다는 걸 깨달았다. 진자강은 한량의 팔뚝을 긁듯이 움켜쥐고 있다.

맞은 순간에 자신의 팔을 잡았다는 건 놀랄 만한 일이긴 했지만 그걸로 뭘 어쩌겠다는 건지 알 수가 없었다. 그냥 팔을 떨쳐 내면 그만이 아닌가.

"뭐……."

그 순간.

진자강의 오른쪽 눈이 불그스름하게 변한다 싶더니 갑자기 한량의 팔뚝을 움켜쥔 손가락이 살을 파고들었다.

일이곡의 금나수법인 포룡박!

한량은 팔뚝을 시뻘겋게 달군 쇠꼬챙이로 후벼 파는 듯한 고통을 느끼며 머리카락이 쭈뼛 솟았다. 팔과 어깨가 순식간에 뻣뻣하게 굳었다.

"으, 으아아악!"

한량이 비명을 지르자 진자강은 왼손에 들고 있던 가죽
주머니를 한량의 입에 처넣었다.

진자강은 일전에 암살자가 자살한 걸 보았다. 암살자는
더 싸울 수 있음에도 비밀을 지키기 위해 자살을 택했다.
이번에도 혹시나 한량이 자살할까 봐 독단이나 혀를 깨물
지 못하게 손을 쓸 필요가 있었다.

하지만 진자강의 선택은 실패로 돌아갔다.

돌연 한량의 몸이 크게 요동을 쳤다. 입에 가죽이 물려
있어 소리는 내지 못했으나 눈이 뒤집혔다.

그의 가슴에 붉은 피가 번졌다. 뾰족한 쇠스랑이 등 뒤에
서부터 가슴을 뚫고 튀어나와 있었다.

농부가 한량이 사로잡히자 아예 죽여 버린 것이다. 농부
는 쇠스랑을 찌른 채로 서서 피거품을 쏟아 내며 죽었다.
진자강이 쓴 독이 아니다.

쇠스랑을 찌르기 전에 이미 독단이라도 삼킨 듯했다.

그 모습을 본 점소이와 일꾼은 한숨을 내쉬었다. 자신들
도 살기는 글렀다는 걸 깨달은 얼굴이었다.

일꾼이 자신의 입에 뭔가를 털어 넣었다. 일꾼은 금세 입
에 피거품을 물었다.

하나 점소이는 조금 망설이다가 독단을 삼킬 기회를 놓
쳤다. 이미 발바닥에 독침이 깊이 박혔음에도 죽는다는 것

에 대한 일말의 망설임이 있던 모양이었다.

뒤늦게 독단을 삼키려 했지만 몰래 그곳까지 기어가 있던 편복이 달려들었다. 편복은 점소이의 목 뒤를 대나무 살로 찔렀다.

"윽!"

점소이는 몸이 굳어서 손에 든 독단을 떨구고 말았다.

"휴우……."

편복은 뒤꿈치에서 피를 줄줄 흘리며 고통스러운 듯 인상을 썼다. 그러다가 고개를 들어 보니 진자강 역시도 자신처럼 벽을 붙들고 숨을 몰아쉬는 게 보였다. 진자강은 얼굴에 땀이 범벅이었다.

"자네…… 괜찮나?"

진자강은 대답 없이 고개를 끄덕이며 숨을 골랐다.

편복이 불평했다.

"정말 너무한 친구로군. 내가 당하고 있는 걸 알면서도 앞에 침을 뿌려 놓고 오느라 늦었나? 덕분에 다리병신이 됐군. 고맙네."

진자강이 편복의 발목 힘줄이 잘리는데도 바로 돕지 못한 건, 저들이 달아날 방향에 미리 독침을 숨겨 두고 와야 했기 때문이었다.

진자강은 말없이 점소이에게 걸어가 그의 상태를 확인했다.

"마혈을 찔러 놔서 한 식경 정도는 몸을 움직이지 못할 걸세."

편복이 투덜거렸다.

"자네 사갈독왕이 맞나? 무슨 독을 쓰는데 이놈들이 멀 쩡한가? 덕분에 다 죽게 내버려 두거나 놓칠 뻔하지 않았나. 내가 한 놈 잡아 놨으니 망정이지."

점쟁이 말투는 사라지고 입에 물렸던 재갈이 풀린 듯 말을 늘어놓는 편복이었다.

진자강이 딱딱하게 인상을 찡그린 얼굴로 대답했다.

"설사를 하게 만드는 독을 썼습니다."

이제야 독이 들었는지 몸이 마비된 점소이의 몸에서 구린내가 나기 시작했다. 점소이는 말을 하지 않았지만 얼굴이 당황함으로 붉게 물들었다.

어이가 없다는 듯 편복의 입이 벌어졌다.

"사갈독왕이 그런 독을……!"

물론 설사를 하게 되면 힘이 빠져 싸우지도 못하고 달아날 수도 없으니 의외로 좋은 방법이긴 했다. 하지만 엄청난 소문을 몰고 다니는 사갈독왕이 그런 하찮은 독을 쓴다는 것이 좀 어울리지 않는 느낌이 있었다.

"누군지도 모르는 사람을 죽일 수는 없습니다."

더 어이가 없어진 편복의 표정이었다.

"듣던 소문과 너무 다르군. 무공도 시원찮은 거 같고."

하지만 말을 하던 편복은 팔뚝에 손가락이 박혀 구멍이 뚫린 채 죽은 한량을 보고 다시 말을 덧붙였다.

"아니, 꼭 시원찮은 건 아닌 것 같긴 하지만. 소문보다는 좀."

내공이 시원찮은 사람이 사람의 팔뚝에 손가락으로 구멍을 낼 수는 없다.

그래도 진자강의 무공이 어딘가 이상한 건 사실이었다. 생각만큼 무공이 높지도 않다는 것 역시 사실이었다. 만약 무공이 높았다면 굳이 뒤로 돌아가서 독침을 뿌려 놓고 다시 되돌아올 필요도 없었을 터였다.

그랬다면 자기 역시 다리 하나를 잃지 않아도 되었을 것이고.

그러나 불평만 하기에는 상황이 여의치 않았다. 편복은 다친 발목을 천으로 감싸 매고 절뚝거리며 점소이에게 다가갔다.

"어휴, 구린내…… 평소에 똥 좀 싸고 다니지."

편복이 얼굴을 찡그리며 손으로 코앞을 휘휘 저었다.

"네놈, 말은 할 수 있지? 어디 소속이야? 뭘 노리고 여기에 와 있어?"

점소이는 얼굴이 붉으락푸르락해서 이를 갈았다.

"죽여라. 아무 말도 하지 않겠다."

"니가 죽고 싶은 놈이었으면 진작 알아서 독약 먹고 뒈졌겠지."

점소이가 이를 꽉 깨물었다. 스스로도 부끄러운 생각이 든 모양이었다.

"그러니까 불어. 감춘다고 뭐 나아지겠어? 고통스럽기만 하지."

편복은 대나무 살을 꺼내서 손가락 사이에서 빙그르르 돌렸다. 점소이가 눈을 부릅뜨고 쳐다보자 대나무 살을 쇄골 사이에 찔러 넣었다. 두 마디나 박혀 들어갔다.

"끄윽!"

점소이의 목과 턱에 핏줄이 불거져 올랐다.

"이건 그냥 대나무를 쪼개 만든 시초가 아니라 안에 긴 쇠침이 박혀 있거든. 많이 아플 거야."

점소이가 이를 악물었다.

"참을 만하면 참든지."

편복은 대나무 살을 다섯 개 뽑아서 점소이의 무릎 바로 위에 하나를 꽂았다. 그리고 반 뼘씩 위로 올라가며 계속해서 대나무 살을 꽂아 넣었다.

"끅, 끄윽!"

네 개가 주르륵 허벅지 안쪽을 타고 꽂힌 상태가 되었다.

지금 상태로 마지막 남은 하나를 꽂는다면 그것은 말할 필요도 없이 사타구니 한가운데에 꽂히게 된다.

점소이의 얼굴은 고통과 초조함으로 땀이 배었다. 편복이 미안한 듯 웃었다.

"미안하네. 근데 세작질을 하다 보면 남자구실을 못하게 될 수도 있고 뭐 그럴 수 있지. 원래 우리네 하는 일이 그렇잖아. 걸리면 뒈지는 거고 아니면 마는 거고. 흐흐흐"

편복이 대나무 살을 치켜들었다. 점소이가 이마에 핏대를 세우며 저주를 퍼부었다.

"우리가 당한 게 곧 알려질 테니 너희들도 살아남을 수 없을 거다! 이 마을과 함께 불타 죽어라!"

"뭐, 역시 그랬군."

편복이 진자강을 불렀다.

"자네도 뭐 물어볼 거 있나? 나는 필요한 얘기는 다 들었네."

"뭐?"

점소이가 당황해했다.

진자강은 딱히 물어볼 만한 건 없었다. 어차피 이들이 누구를 위해서 일하는지도 알고, 왜 자신을 감시하고 있는지도 아니 말이다.

"없습니다."

점소이가 이를 갈았다.

"어차피 물어봐도 더 말하지 않을 테니, 어서 죽여라!"

점소이의 말이 끝나기가 무섭게 편복은 허리춤에서 단검을 뽑아 들고 점소이에게 가더니 그대로 점소이의 목을 그어 버렸다. 점소이는 목에서 피를 뿜으며 고꾸라졌다.

편복이 아무렇지도 않게 단검을 점소이의 옷에 닦으며 말했다.

"이놈들은 자네를 이용해서 우리 흑도를 엮으려고 준비하는 중이었다네. 그리고 방금 자네도 들었지? 이 마을을 태워 버린다는 거. 그게 앞선 수작이 실패했을 경우에 이놈들이 준비한 마지막 계책일세."

진자강은 다소 황망하여 편복을 빤히 바라보았다. 편복은 진자강의 시선이 단검의 피를 닦는 자신을 향해 있자, 왜 그러냐는 듯 되물었다.

"뭐? 왜?"

편복이 고개를 갸웃거리다가 말했다.

"아아, 왜 누군지도 물어보지 않고 죽였느냐 뭐 그런 뜻인가? 그야 물어봐도 뻔하잖은가. 무림총연맹 아니면 제갈가의 세작이겠지. 이 마을은 저런 세작들로 장악돼 있다네."

"그게 아닙니다. 왜 갑자기 저자를 죽인 겁니까?"

그제야 편복이 왜 그런지 알았다는 듯 씩 웃었다.

"아아, 그런 뜻이었나? 뭐 잘 봐 두게. 때로는 이렇게 깔끔하게 일 처리를 할 줄도 알아야 하니까."

"죽일 건 없었잖습니까."

"살려 놓으면 온 동네방네 돌아다니면서 자네와 나에 대해 떠들고 다닐 텐데? 죽고 싶으면 살려 놔도 되긴 하겠지. 자네는 죽고 싶어 하는 사람처럼 보이긴 하니까."

"죽으려고 싸우는 사람은 없습니다."

"뭐, 각자의 사정이 있는 법이니 그렇다고 생각하겠네. 하지만 이젠 자네도 흑도인으로 불리고 있으니, 적어도 흑도인들이 어떻게 행동하는지는 알아 둬야 할 걸세."

진자강이 어두운 표정이 되어 대답했다.

"명확히 해 둘 바가 있습니다. 저는 사파가 될 생각이 전혀 없습니다."

"그거야 자네 생각이고."

편복이 '흐흐' 하고 웃었다.

"자네의 정체성이나 편향성은 자네가 결정하는 게 아냐. 저기 저쪽 높은 권좌(權座)에 있는 어르신들이 결정하는 게지."

"제가 아니라고 해도 말입니까?"

"그러니까 자네가 아니라고 하는 건 별 의미가 없대도?

자네가 강호의 기존 질서를 뒤집을 정도로 강하다면 모를까. 기껏해야 변방의 떠오르는 신진 살인마에 불과한데 누가 자네 말을 믿어 주겠나."

편복은 이 정도로 말해도 모르면 더 할 말이 없다는 듯 어깨를 으쓱해 보였다.

진자강은 인상을 굳히고 물었다.

"당신은 제가 두렵지 않습니까?"

편복이 죽은 자들을 가리키며 되물었다.

"뭐. 내 양발 힘줄을 잘라 앉은뱅이로 만들고 고문해서 죽이려고 했던 놈들을 말하는 건가? 아니면 설사독으로 물똥을 줄줄 싸게 만드는 사람이 말인가? 어떤 의미로는 자네가 더 무섭긴 하지. 하지만 난 잘 모르겠는데?"

진자강도 할 말이 없어졌다.

편복이 다시 말했다.

"죽지 않으려고 싸운다고 했지? 하지만 살기 위해 싸우는 사람과 죽지 않으려고 싸우는 사람 간에는 큰 차이가 있다네. 그리고 무언가를 지키기 위해 싸우는 사람은 또 다르지. 그중에 가장 무서운 사람은 누군지 아나?"

진자강은 대답하지 못했다. 편복은 그럴 줄 알았다는 듯 바로 말을 이었다.

"지키기 위해 싸우는 사람이지. 아, 오해할까 봐 말해 두는 건데 가족이나 신념, 그런 걸 지키려고 싸우는 사람들을 말하는 게 아닐세. 그런 친구들은 너무 함부로 목숨을 던지거든. 그렇게 뒈져 버리면 남은 사람들만 뒷수습하느라 피똥 싸고 죽어나게 되는 거지."

진자강은 자신을 지키기 위해 죽어 간 용명과 약왕문의 이들이 떠올라 자기도 모르게 분노가 치솟았다.

"그런 죽음이 무가치하다고 말씀하는 겁니까?"

진자강의 목소리에 살기가 배자 편복은 눈살을 살짝 찌푸렸다.

"무가치하다고는 하지 않았네. 쓸모없다고 말하지도 않았네. 무섭지 않다고도 하지 않았네. 그저 가장 무서운 사람으로 꼽기는 어렵다는 것뿐이지."

"그럼 가장 무서운 건 누굽니까?"

편복이 피가 묻은 수염을 소매로 닦으며 말했다.

"이를테면 권력과 명예, 부(富)와 같은 걸 지키려는 자들이 가장 무섭네. 그자들은 절대로 자신의 목숨을 걸지 않지. 비겁하든 음흉하든 치사하든, 수단 방법을 가리지 않고 자기가 동원할 수 있는 모든 것을 이용해서 자신이 가진 걸 지키려 들지. 자기가 살아 있는 한 결코 멈추지 않기 때문에 그런 놈들이 가장 무섭네."

"그렇게 지키는 것에 무슨 의미가 있습니까?"

"그건 지키려는 놈이 알겠지. 그놈들의 생각이야 우리가 알 게 뭔가. 그냥 알아 두라고 말해 주는 걸세. 자네가 싸우고 있는 놈들이 그런 놈들이니까."

문득 진자강은 동굴에서 신융이 했던 말이 떠올랐다.

—너는…… 어떻게 이런 자들과 싸우고 있었던 거냐. 감히 제갈가를 습격할 정도의 놈들과.

그의 말뜻을 진자강은 오해했다. 그렇게 강한 자들과 싸우고 있느냐는 의미로 받아들였었다.

하나 지금 생각해 보니 그건 오히려 편복이 한 말의 의미로 이해해야 했다.

제갈가는 가문의 명예를 지키기 위해 타인이 걸어오는 시비를 용납하지 않는다. 모든 자원을 동원해 응징하려 든다. 말 그대로 건드리면 사생결단을 내는 것이다.

그런 제갈가를 상대로 암습을 가한 자가 있다면, 과연 어떤 자이겠는가.

제갈가를 아랑곳하지 않을 정도로 강력한 배후가 있거나, 그만한 힘을 가진 세력임에 분명했다.

신융은 진자강에게 그런 엄청난 세력을 적으로 두었느냐고 그런 의미로 물었던 것이다.

진자강이 묵묵히 생각에 잠기자 편복은 피식 웃었다.

"자네가 무섭지 않냐고 물었나? 흐흐, 그럼 정말로 무서운 사람이 되게. 저들이 무섭다고 생각할 정도로. 그럼 아마도 누군가가 조금쯤은 자네 말에 귀를 기울여 줄지도 모르겠네."

"그런다고 해도……."

진자강은 편복을 바라보며 단호하게 답했다.

"당신들의 힘을 빌린다거나 도움을 청하지는 않을 겁니다. 내가 옳다고 생각하는 기준으로 행동하고 복수할 겁니다. 나는 저들과 똑같은 자가 되지 않습니다."

편복이 어깨를 으쓱했다.

"누가 뭐랬나? 마음대로 하게. 자네의 우선순위가 그렇다면 나는 굳이 지금 자네를 설득할 생각이 없네. 영주께선 자네를 눈여겨보고 어떻게든 살려 보고자 하시는 것 같으나, 나는 당장에 여기에서 내 한목숨 건사해서 살아 나가는 게 더 중요하다네."

그렇다는 데에야 진자강도 괜히 더 언쟁을 벌일 필요가 없었다.

"알겠습니다. 하지만, 말씀은 감사합니다."

"받아들일 생각도 없는 말에 대해 감사할 필요 없네. 말했듯이 정말 감사를 하려면 내가 살아 나가는 데에 일 푼이라도 도움을 주게."

편복은 의외로 단호한 성격이었다.

"그럼 나는 이제 살아 나갈 방법을 강구해 봐야겠네."

편복이 곧 죽은 세작들의 몸을 뒤지기 시작했다. 하나 정
보에 별다른 도움이 될 만한 건 나오지 않았다.

화약이 들어 있어서 색이 나는 연기를 피울 수 있는 죽
통, 급하게 신호를 보내는 데에 쓸 전서구용 필기구, 정체
모를 분말 가루 등이 있었다.

"흐음."

편복이 화약이 든 죽통의 뚜껑을 열어서 냄새를 맡는 동
안 진자강은 점소이가 떨군 독단을 집고 있었다.

그러더니 망설임 없이 독단을 입에 넣고 씹어 먹었다.

그 광경을 본 편복이 깜짝 놀랐다.

"아니, 이보게! 그걸 왜 먹어! 배고파?"

진자강이 아무렇지 않게 대답했다.

"확인해 두려는 겁니다. 의심 가는 게 있어서."

편복은 어안이 벙벙해서 멍하니 진자강을 바라보았다.
진자강은 정말로 독단의 맛을 음미하는 듯 입에서 굴리다
가 삼켜 버렸다.

편복이 조마조마한 얼굴로 진자강을 쳐다보았다. 진자강
은 얼굴을 찌푸리고 살짝 고통스러운 듯한 표정을 지었다

가 금세 멀쩡해졌다.

"제가 생각한 독이 아니군요."

제갈연과 신융이 먹은 독과는 작용 효과가 다소 다른 듯했다.

제갈연이 먹은 독이 이 세작들이 가진 독단과 다르다는 것은 의미하는 바가 컸다.

어쨌거나 지금 이 맛을 기억해 둘 필요가 있었다. 다음번에 다른 세작들을 만났을 때에도 독단을 맛본다면, 언젠가 중요한 때에 구분이 가능해질 것이다.

아마 이것은 진자강만이 할 수 있는 구별법일 터였다.

진자강은 편복이 죽은 세작들의 몸에서 찾아낸 분말 가루도 맛보았다.

"마비독입니다."

"자네가 멀쩡한 걸로 봐선 별로 마비독 같지 않은데?"

진자강은 대답 없이 종류별로 의심 가는 것들을 다 맛봤다. 옆에서 보면 질릴 지경이었다.

"뭐…… 자네가 뭘 하든 자네 맘이겠지만……."

편복은 머리를 벅벅 긁었다.

"정말로 자네가 사갈독왕이 맞긴 한가 보군. 아니면 걸신들린 거지왕이거나."

      *   *   *

진자강은 시체를 잘 보이지 않는 곳에 치워 둔 후 편복을
데리고 사람들의 시선을 피할 수 있는 허름한 관제묘까지
이동했다. 평소 감시자들의 동선을 파악해 두고 있었기에
감시를 피해 움직이는 데에 거침이 없었다.

"잠시 기다리시면 약을 구해 오겠습니다."

"됐네. 어차피 힘줄이 잘려서 멀쩡히 걷긴 글렀어. 그리
고 약은 내게 있다네."

편복은 자신의 짐에서 동글동글한 환약을 꺼내며 씨익
웃었다.

"자, 이것이 무엇이냐? 화타의 이십오 대 제자인 삼룡거
사를 내가 삼십 년 동안 수발들고 모시면서 직접 전수받은
만~병통치약일세! 외상과 내상은 물론이고, 소아병 부인
병까지 전천후로 크고 작은 모든 병증이 싹 낫는 천하의 명
약! 정신이 삼도천을 건너서 원시천존 미륵보살이 눈앞에
서 왔다 갔다 하던 사람도 이 약 한 봉이면 벼락을 맞은 것
처럼 제정신으로 돌아오는 건 물론이고, 멀쩡한 사람도 물
에 타 먹으면 오줌발이 바위를 뚫고 요강을 뒤집는다 이걸
세! 날이면 날마다 오는 게 아니니까 자네도 필요하면 말만
하게. 내 오늘만 특별히 반값에 주겠네!"

"……."

편복의 갑작스러운 약장사 흉내에 진자강은 무슨 일이냐는 투로 쳐다보았다. 혹시나 통증 때문에 머리가 이상해졌나 생각하는 눈빛이었다.

편복이 머쓱한 얼굴로 투덜거렸다.

"재미없는 친구로군. 거 좀 웃으라고. 부러 너스레 한번 떨었으면 호응을 해 줘야지, 사람이 너무 진지하면 못 써."

"미안합니다."

진자강은 별로 미안하지 않은 투로 사과하고는 편복의 발을 확인했다.

"아아아, 좀 살살 만지게. 아프다고."

"힘줄이 다 끊어지지는 않았습니다. 잘 고정해 놓으면 나을 수도 있을 것 같습니다."

"어? 그래? 그럼 이 약을 좀 붙여 주게."

편복은 먹는 약 말고 시커먼 고약을 꺼내서 진자강에게 건넸다. 진자강은 고약을 받아서 가만히 쳐다보더니 냄새를 맡았다.

편복이 어이가 없다는 투로 말했다.

"그건 효과가 있는 거니까 굳이 먹어 보진 말게. 내가 점을 보고 약을 팔며 다니긴 하지만 가짜 약을 파는 건 아닐세."

"알겠습니다."

진자강은 편복의 발뒤꿈치에 고약을 붙이고 나뭇가지를 묶어서 단단히 고정했다. 편복이 들고 다니는 깃대의 깃발을 떼고 지팡이로 쓸 수 있도록 만들었다.

그 광경을 지켜보던 편복이 물었다.

"이제 자네는 어쩔 셈인가?"

진자강은 편복의 질문에 곧바로 대답하지 못했다. 누군가와 대화를 하고 생각을 나누는 건 익숙하지 않은 일이다. 아직 경계를 풀어도 되는 사람인지도 알 수 없거니와, 만일 좋은 의도를 갖고 있는 이라면 자기 때문에 그에게 피해를 주고 싶지도 않기 때문이었다.

약왕문의 용명을 잃은 것과 장씨 일가에 피해를 준 일이 진자강에게는 아직도 상처로 남아 있었다.

편복은 가만히 진자강을 보더니 진자강의 우려를 알겠다는 듯 말했다.

"놈들 중에 넷이 죽었네. 그들은 이제 자신들의 정체가 드러났다 생각하고 더 이상 숨어 있지 않을 걸세. 내가 경고하려는 건 제갈가가 조만간 남가촌으로 내려온다는 얘기였는데, 세작이 들켜 버렸으니 더 빨리 움직일 걸세. 아까 들었듯 이 마을을 통째로 불살라 버릴 거야. 그때가 되면 단 한 명도 살아서 이 마을을 달아날 수 없게 되겠지."

진자강은 묵묵히 편복의 말을 들었다.

"그러니까 달아날 기회는 오늘뿐일세."

진자강이 잠시 생각하다가 되물었다.

"달아날 수는 있습니까?"

"남림 방향에는 제갈가가 있고 뒤쪽에는 제갈가의 또 다른 무력조가 있지. 사실 달아나는 것도 생각만큼 쉽진 않아."

"무력조가 있다고요?"

진자강은 처음 듣는 얘기였다. 그러나 당연히 제갈가에서 그런 대비도 없이 진자강을 내버려 뒀을 리는 없을 터였다.

"우리가 파악한 바에 따르면, 제갈가에서 출발할 때에는 그 숫자가 이백 명이 넘었네. 그런데 채령산에 투입된 식량의 양은 백오십 명분. 그럼 나머지 오십 명이 어디 있겠는가? 그들은 아마 남가촌의 입구에 대기하고 있을 걸세. 무림총연맹에서 나온 지원 병력도 있을 수 있겠고. 거기까지는 알아내지 못했네."

하지만 아직도 진자강은 의심이 들었다.

"솔직히 말씀드리자면, 저는 아직 제갈가가 이 마을을 공격한다는 말을 못 믿겠습니다. 남가촌에 엄연히 사람들이 살고 있는데 이곳을 전쟁터로 만든단 말입니까?"

"그들이 한 짓이 아니게 되지."

편복이 손가락으로 진자강을 가리켰다.

"세상엔 자네가 한 짓이라고 알려지게 될 테니까."

"제갈가라는 명문 정파가 그런 수를 쓴단 말입니까?"

진자강은 긴가민가하면서도 되물어보았다. 그렇게 묻지 않을 수가 없었다.

"명문 정파라……."

편복이 수염을 쓰다듬으며 회상에 젖는 투로 말했다.

"한 십 년 전에는 그랬는지도 모르겠군. 그래, 생각해 보니까 명문 정파라는 말이 있었던 것도 같아."

편복의 말투가 묘했다.

편복은 잔뜩 경멸을 드러내면서 이를 보이고 웃었다.

"하지만 이제 그런 시대는 없네."

편복의 웃음이 어찌나 진한 경멸을 담고 있는지 진자강도 기분이 나빠질 지경이었다.

"무슨 의미입니까?"

"자네는 어디 산속에서 살다 나왔나? 아니면 변방인 운남에만 있다 보니 강호의 사정에 어두운 건가? 혹시 백 년 전의 무림 고수가 반로환동이라도 했나."

"백 년 전의 무림 고수만 빼고 둘 답니다."

"낄낄."

편복의 웃음이 더욱 짙어졌다.

"강호의 도의가 사라진 지 꽤 됐다네."

편복은 진자강의 눈을 바라보며 한마디씩 천천히 내뱉었다.

"해월 진인, 그자가 맹주가 된 후부터…… 더 이상 강호에는 협(俠)과 정의라는 말이 남아 있지 않게 됐지."

"해월 진인이라면……."

진자강도 안다.

십 년 전 그는 무림총연맹의 맹주였다.

무림 역사상 거의 최초로 정파에 대비되는 어떠한 공동의 적도 없이 백도 문파를 아우르는 무림총연맹을 창건하여 초대 맹주로 등극했다.

때문에 진자강의 기억으로는 많은 이들이 해월 진인을 존경하고 우러른 것으로 알고 있었다.

"아직도 맹주입니까?"

"지금도 맹주라네."

어감이 미묘했다.

편복은 진자강이 정말로 강호의 사정에 대해 아무것도 모른다는 걸 알고 한숨을 내쉬었다.

"왜 자네가 자꾸만 소용돌이의 가운데에서 헤매고 다니는지 이유를 알겠네."

"헤매고 다닌 적은 없습니다만."

"미로에 갇혀 있는 사람은 자기가 갇혀 있는 줄도 모르지. 우물 안에 갇힌 개구리는 보이는 하늘이 전부인 줄 알고."

진자강이 말이 지나치지 않느냐고 따지려는데, 편복이 먼저 말을 가로챘다.

"세상에는 다양한 사상과 이념을 가진 사람들이 살고 있지. 그런 때에 무엇이 정도(正度)인가를 두고 싸워야 한다면 결정 과정은 매우 간단하다네. 어느 한쪽의 편을 들든가 아니면 편을 들지 않든가. 이것은 오로지 자신의 소신에 따라 결정할 수 있는 부분이라 할 수 있지."

진자강은 편복의 말에 뭔가 와 닿는 부분이 있어 입을 다물고 들었다.

"그러나 규범과 기본 원칙을 벗어나 경제적 이해관계에 얽히게 된다면 사정은 아주 많이 달라지게 되네. 이해관계에 얽힌 사람들은 백이면 백, 자기에게 유리한 방향으로 목적과 행동을 조정하게 된다네. 백 명이 있다면 백 명의 상황이 전부 다른 걸세."

편복이 숨을 고르고 말을 이었다.

"하여 그 백 명 중에 내가 누구의 편을 드느냐, 또 내가 편을 든 자가 다시 누구의 편을 들고 있느냐에 따라 수백 가지의 이해관계가 새로 생기는 것이지. 결국 이때에는 매우 복잡한 판단에 따라 행동할 수밖에 없게 되는데, 이것이 바로 정치적(政治的)인 행위라는 걸세."

"정치적인 행위에는, 관심 없습니다."

"그래? 세상에 정치적인 행위에 관심이 없을 수 있는 사람은 딱 한 종류뿐일세. 그 모든 이해관계를 뛰어넘을 만큼 강한 힘을 갖고 있는 자. 그래서 남들이 손해를 감수하고 자신의 이익을 갖다 바칠 수밖에 없는 자."

편복이 입꼬리를 올리며 되물었다.

"자네는 그만큼 강한가? 모든 이들의 이해관계를 뛰어넘을 만큼?"

진자강은 대답하지 못했다.

뿐만 아니라 가슴에 서늘한 기분을 느꼈다.

복잡한 상황을 생각하지 않고 복수할 대상만 죽이면 된다고 생각했다.

지금까지는 그게 가능했다. 운남의 지형적 특성상 다소 이해관계가 좁고 폐쇄적인 지역에서는 복잡한 경우를 생각하지 않고 복수에만 매달려도 되었다.

그러나 이제 백리중 한 명을 남겨 놓고서는 양상이 달라졌다. 중원의 강호는 매우 관계가 복잡했다.

진자강은 편복이 말한 복잡한 이해관계 속에 강제로 얽힌 상태가 되었다는 걸 깨달았다. 스스로가 원하지 않았으나 자신을 둘러싼, 혹은 자신을 이용하고 있는 이해관계를 뛰어넘을 만큼 진자강은 강하지 못했기에 지금의 상황을 맞이하게 된 것이다.

그건 부정할 수 없는 사실이었다.

"그렇다면 제가 앞으로 정치적인 판단에 따라 행동을 해야…… 원하는 바를 이룰 수 있단 말씀입니까?"

편복은 진자강의 말투에서 달라진 어조를 느끼고는 미소를 지었다.

진자강은 '살아남을 수 있느냐'고 묻지 않고 '원하는 걸 얻을 수 있느냐'고 물었다.

이해관계로 얽힌 상황에서 죽음은 고려의 대상이 아니다. 본인이 죽는 순간 모든 이해관계는 무용지물이 되어 버리고 마는데 무슨 소용이겠는가. 죽은 자에게 권력과 돈이 무슨 소용인가.

진자강이 그 사실을 이해했음을 편복은 알아챘다.

"새로운 틀을 만들어 낼 수 있는 힘이 있다면 남이 만든 틀 안에서 살지 않아도 되네. 하지만 그만한 힘이 없으면 힘을 기를 때까지 남이 만든 질서 안에 있게 될 수밖에 없겠지."

편복이 아까보다도 훨씬 진중한 표정으로 말했다.

"강호는 광활하고 칼밥을 먹고 사는 자들은 모래알보다

도 많다네. 무림에는 이전부터 수많은 세력들이 존재해 왔고 정파에도 마찬가지로 셀 수 없는 수의 세력들이 있었지. 그 누구도 한 가지 사상과 이념으로 그들을 통합할 수는 없었다네. 죽을지언정 신념을 꺾지 않는 게 정파의 미덕이었지. 어떤 숭고한 이념으로도 그들을 굴복시키는 건 불가능한 일이었네."

편복은 수염을 손가락으로 쓰다듬으며 말을 계속했다.

"그러나 해월 진인은 새로운 기준으로 정파 무림을 통합한 자일세. 그가 내세운 것이 바로 '이해득실'이었네."

"이해득실······."

"해월 진인은 이념이나 사상을 배척하지 않으면서도 그것을 교묘하게 이용하였네. 겉으로는 명분을 말하면서 실제로는 모든 판단의 기준을 이해득실로 나누고, 이해관계에 따라 결과를 도출시키도록 만들었다네. 그 결과 정파 무림에 새로운 지배 체제가 들어서게 되었지. 그 이후 강호에서는 협과 정의가 사라졌다네. 오직 '이해득실'만이 난무하게 되었을 뿐."

편복은 말을 멈추고 진자강을 쳐다보았다. 진자강은 편복의 말을 알아들었으나 완전히 이해할 수 있던 건 아니었다. 그가 알고 있는 강호의 상식에선 이해하기 어려운 일이었다.

"남이 만든 새로운 질서를 타파하거나, 이용하고자 한다면 그에 순응할 필요는 없네. 하나 그에 걸맞은 자격부터 갖추게. 자기 목숨을 걸면 모든 게 해결된다고 믿는 애송이 하나가 날뛴다고 세상이 달라질 거란 믿음은 버리게."

말이 조금 심했다고 생각했는지 편복이 살짝 말투를 누그러뜨렸다.

"물론 자네 표정을 보니 조금 전 그 사실을 깨달은 것 같아 다행이긴 하네만."

분명 진자강은 편복이 던진 화두에 색다른 충격을 받고 있는 중이었다.

개인으로서 백리중을 죽이면 될 뿐이라 생각했으나, 실제로 진자강은 백리중은 만나지도 못하고 백리중이 이용하고 있는 질서—권력—과 싸우고 있는 중이었다.

"안타깝게도……."

편복이 생각에 잠긴 진자강의 상념을 깨웠다.

"더 얘기해 주고 싶어도 우리에게는 그럴 만한 시간이 없다네. 곧 놈들의 시체가 발견될 거고, 그러면 놈들의 다음 계획이 진행될 걸세. 나는 이런 촌구석에 꼼짝없이 갇혀서 시키면 잿더미로 불타 죽고 싶지는 않단 말일세."

진자강은 잠깐 한숨을 쉬더니 물었다.

"제갈가에서…… 이 마을을 불사를 거라는 건 확실합니까?"

편복이 고개를 끄덕였다.

"거의."

"확신할 수 있는 근거가 있습니까?"

편복이 피식 웃었다.

"그야 이런 상황을 몇 번이나 겪었으니까. 남가촌보다 몇 배나 큰 마을이 하룻밤 만에 불타 사라지는 것도 봤다네. 끽해야 이삼백 명이나 될까 말까 한 이 정도 규모의 마을은 아무것도 아닐세. 아, 물론 대외적으로 그런 사실은 대개 산적이나 사파의 소행으로 규명되었지."

진자강은 편복의 눈을 주시하며 말했다.

"하지만 나는 아직 노인장의 말을 믿지 못하겠습니다."

편복이 인상을 썼다.

"그럼 믿지 말든가! 누가 믿으랬나? 남의 귀한 시간 다 빼앗아 놓고 한다는 소리가……!"

"그래서 확인해 봐야겠습니다."

"응?"

편복이 고개를 갸웃거렸다.

"달아나겠다는 건가, 아니면 뭘 어쩌겠다는 건가?"

"말 그대로, 확인해 보겠습니다. 그리고 노인장의 말이 사실이라면."

진자강은 입을 꾹 다물었다.

"저들에게 그 대가를 치르게 만들겠습니다."

진자강의 눈에서 서늘한 살기가 흘러나왔다.

"나를 잡기 위해 다른 사람들을 해치는 자들은 반드시 대가를 치러야 합니다."

편복은 살기 때문에 표정을 찡그렸다.

하나 그 표정에는 '자네가 무슨 수로'라는 의문이 배어 있었다.

진자강이 편복의 표정을 읽은 것처럼 단호하게 말했다.

"그게 내 신념입니다."

*   *   *

진자강은 관제묘 안에서 창을 통해 하늘을 쳐다보았다.

편복은 진자강이 뭘 하는 건지 궁금해서 물었다.

"자네 뭐하는 건가?"

"아직 해가 있으니, 신시(申時)가 넘어가지 않았습니다. 시신이 발견되지 않았을 겁니다."

"그걸 자네가 어찌 알고?"

"그쪽 길은 신시 이후에 저녁 장사를 하는 사람이 찾아옵니다. 그 사람은 제가 이 마을에 온 사흘 후부터 그곳에서 장사를 하기 시작했습니다. 만약 발견된다면 그때일 겁니다."

편복은 어안이 벙벙해져 입을 벌렸다.

"자네는 어떻게 그걸 다…….."

"한 달이나 이곳에 있었으니까요."

살아남기 위해 주변에 있는 모든 걸 이용해야 했던 진자강에게 주위 상황을 파악하는 건 늘 해야 하는 일이었다. 사소하게 놓친 것 하나가 목숨을 앗아 갈 수도 있었다.

편복의 얼굴이 일그러졌다.

"그럼 내게 찾아와서 점을 치겠다고 한 것도?"

감시자들이 보고 있는 걸 뻔히 알면서 찾아와 묻고, 여의선랑도 일부러 언급했다는 뜻이다. 편복을 죽으라고 미끼로 쓴 거나 다름없는 셈이었다.

"젠장맞을! 내 자네를 잘못 봤군. 나한텐 사람을 왜 죽이느냐 하더니 나를 사냥개들 먹잇감으로 던져 놔?"

"한 달이나 저들이 움직이지 않았기 때문에 변화를 줄 필요가 있었습니다. 그리고 결과적으로는 죽지 않았잖습니까."

"다리병신이 되…… 아니, 될 뻔했지."

진자강은 처음부터 편복을 따라갈 생각이었던 것이다. 편복이라는 파문으로 감시자들을 흔들어 당황스럽게 하고 결국 그 빈틈을 찾아 목적을 이뤄 냈다.

"진짜 독하군. 독해. 사갈독왕, 누가 지었는지 별호 참 잘 지었어."

편복은 속이 타서 두리번거리다가 옆에 깨끗한 물이 담긴 정화수가 있는 걸 보고 표주박으로 떠서 마시려 했다.

진자강이 보지도 않고 제지했다.

"미리 말씀드리는데 옆에 있는 표주박은 쓰지 마십시오. 독이 있습니다."

편복은 막 물을 마시려다가 깜짝 놀라서 표주박을 떨어뜨렸다.

"어, 언제?"

"갈증이 나면 물은 손으로 떠드십시오."

편복은 겁나는 눈으로 바닥을 구르는 표주박을 쳐다보았다. 그러고 보니 아까는 이 표주박이 없었다. 들어온 후에 진자강이 놓았다는 이야기다.

놓여 있는 상황이 너무 자연스러워서 생각도 못 하고 중독될 뻔했다.

하지만 진자강은 아무렇지 않게 말했다.

"노인장의 정체를 몰랐으니까 말입니다."

사람을 죽일 뻔한 것치고는 너무 천연덕스러워서 편복은 이가 갈렸다.

"아아, 그런가? 지금은 나를 믿나 보지?"

"지금도 모르긴 마찬가집니다. 그래서 살려 드리는 겁니다."

"허……."

편복은 어이가 없었지만 동시에 반박할 말도 없었다. 자신의 정체를 푯말이나 명패로 써서 가지고 다니는 게 아니고서야 의심하는 걸 뭐라고 할 순 없는 일이었다.

편복이 이를 갈았다.

"하지만 날 언제든 죽일 수 있다고 자신 있게 말하는 건 마음에 들지 않는군. 자네 역시 내가 언제든 자네 목 뒤에 시초를 박을 수 있다는 걸 잊으면 안……."

진자강이 말없이 편복이 옆에 끼고 있던 짐 보따리의 매듭을 매만졌다.

매듭 안쪽에서 잘 보이지도 않는 짧은 침을 빼내더니 보란 듯 팔뚝 안쪽에 맨 가죽띠에 꽂아 넣었다.

"……."

"왜 그러십니까?"

"그거…… 독침 아닌가?"

"맞습니다."

"……그게 왜 내 짐에서 나오나?"

"영감님의 짐 안에 대나무 침으로 만든 시초와 죽통이 들어 있지 않습니까?"

"들어 있지."

"그걸로 절 공격하려고 할 것 같아서 그랬습니다."

"······아아, 그렇군······ 이 아니잖아!"

만약 편복이 진자강에게 딴마음을 먹고 짐을 열었다면 십중팔구는 독침에 찔렸을 터였다.

그걸 생각하니 편복은 등골이 오싹해졌다.

'이거 진짜 나쁜 놈이구먼!'

편복은 농담 반 진담 반으로 말했다.

"하늘에 맹세컨대, 내가 만약 자네를 죽이려고 한다면 반드시 그 전에 자네를 죽이겠다고 선포하고 죽이겠네. 그러니까 혹여 그런 것 좀 내 주위에 아무렇게나 놔두지 말게. 재수 없어서 실수로라도 만졌다가 허무하게 뒈지고 싶지는 않다네."

"알겠습니다."

알아들은 것인지 아닌지 진자강은 건성으로 대답하더니 떠날 준비를 했다.

편복이 급히 일어섰다.

"자, 잠깐만 나도 같이······."

"안전하게 떠나실 수 있게 되면 신호해 드리겠습니다."

"몸이 불편하긴 해도 가만히 있다가 죽고 싶진 않네."

그의 말에 진자강의 얼굴에 처음으로 웃음기가 어렸다.

"죽는 방법이 복잡한 분이로군요."

"무릇 사나이라면 자기가 죽을 장소는 자기가 골라야

지."

편복은 불안한 듯이 자기 짐을 발끝으로 슬쩍슬쩍 뒤집어 보다가 안전하다 생각되니 등에 짊어졌다.

그러고 막 지팡이를 짚으며 진자강의 뒤를 따라 나서려는데.

진자강이 문간의 바닥에서 뭔가를 또 뽑아내고 있었다. 보기만 해도 오싹한 길이의 장침이다.

"……."

"왜 그러십니까?"

"……그거 내가 생각한 그거 아니지?"

"맞을 겁니다."

편복은 참다 참다 폭발했다.

"자네 정말 너무 하는구만!"

진자강이 살짝 미소 지었다.

편복은 진자강의 웃음을 보고 확신했다. 지금 본 것 말고도 보여 주지 않은 게 더 있었을 것임을.

굳이 독침을 회수하는 장면을 보인 이유는 명확하다. 경거망동하지 말라는 경고다.

편복은 항복의 의미로 양손을 들어 보였다. 그제야 진자강이 처음으로 편복에게 등을 보이고 앞장섰다.

　　　　*　　　*　　　*

　끼익끼익.

　등이 굽은 아낙이 작은 손수레를 끌고 골목 앞을 지나갔
다.

　코와 볼이 발갛고 얼굴이 기미로 뒤덮여 땡볕에서 일을
오래 한 티가 나는 전형적인 시골 아낙이었다.

　아낙은 머리에 허름한 두건을 깊게 눌러쓰고 늘 장사하
던 자리에 수레를 멈췄다. 침목(枕木)을 꺼내 수레가 움직
이지 않도록 아래를 받치고, 수레 위에 널따란 판자를 펴서
가판을 만들었다.

　그 위에 파소포자(破酥包子)라는 바삭한 만두들을 올려놓
았다.

　장사하기 이전부터 밭일을 한 탓인지 하루의 노동에 지
친 듯 피곤한 움직임이었다. 누군가 아낙을 본다면 하루 종
일 부인을 부려 먹고 저녁까지도 장사를 내보내는 악질적
인 남편의 모습이 떠오를 만했다.

　그러나 그 느릿한 움직임 사이에 아낙의 눈은 두건 안쪽
에서 쉴 새 없이 좌우를 살피고 있었다.

　그러다가 어느 순간, 아낙은 골목길 안쪽으로 향하는 방
향에서 핏자국을 발견했다. 눈에 잘 보이지 않는 희미한 핏

자국이었다. 누군가 발로 문질러 지우려고 했던 듯한!

아낙은 주변에 오가는 사람이 없음을 확인하고는 곧바로 골목 안쪽으로 들어섰다.

더 이상의 핏자국은 보이지 않았으나 흐릿한 피 냄새가 났다.

아낙은 장사 같은 건 안중에도 없는 듯 바로 골목 안쪽으로 진입했다.

이윽고 두 번의 모퉁이를 돈 순간, 외진 구석에 처박혀 있는 네 구의 시체를 발견했다.

아낙의 얼굴이 일그러졌다. 네 구의 시체 모두 아낙이 아는 이들이었다.

한데 죽은 시체 중의 하나가 손에 뭔가를 들고 있는 게 보였다.

아낙은 시체에 다가서려다가 깜짝 놀라 멈췄다. 갑자기 시큼한 냄새가 났다.

독!

이들이 쫓고 있던 건 독으로 운남의 독문을 초토화시킨 사갈독왕이었다.

아낙은 황급히 소매로 입을 가렸다. 그러나 동료가 죽어가면서까지 남긴 귀한 증거물을 모른 척할 수 없는 일이었다.

아낙은 호흡을 참으며 시체들에 다가갔다.

입에서 피거품을 쏟아 낸 채 죽어 있는 시체의 손에 쥐어진 대나무 통.

아낙은 시체의 손에 꽉 붙들린 대나무 통을 뽑아내 품에 넣고 재빨리 물러났다.

그런 후 빠르게 달려 원래 가판의 자리로 돌아왔다.

파소포자를 늘어놨던 가판은 이리저리 어지럽혀진 채였다. 그사이에 사람들이 함부로 집어 갔는지 일부가 없어져 있었고, 남은 것도 짓뭉개지거나 부서져 가루가 되어 있었다.

하나 아낙은 전혀 개의치 않았다. 남은 파소포자를 대충 쓸어 담고 가판을 정리했다. 가루가 풀풀 피어올랐다.

"쿨럭!"

갑작스레 치민 기침에 아낙은 소스라치게 놀랐다.

가판대에 핏방울이 튀었다.

'중독!'

아낙의 얼굴은 사색이 되었다. 아까 시큼한 냄새가 나던 때에 중독이 된 것인가!

아낙은 남은 것을 손수레에 다 밀어 넣다시피 하고는 급히 자리를 떠났다.

아낙이 떠나고 잠시 후.

바로 옆 골목에서 진자강이 모습을 드러냈다.

편복도 아픈 발을 끌면서 나왔다. 아낙은 허둥대며 돌아가
느라 자신의 뒤를 진자강과 편복이 보고 있는 것도 몰랐다.

편복이 진자강을 보며 감탄했다.

"자네의 하독술은 사람의 허를 찌르는 데가 있군."

진자강이 실제 독을 쓴 건 시체 근처가 아닌 아낙의 수레
였다. 파소포자는 바삭거리는 식감을 갖고 있어 잘게 부서
진다. 가판에 있던 파소포자를 사람들이 훔쳐간 것처럼 어
지럽히고 몇 개를 뭉개 부숴서 그 가루에 독분을 섞은 것이
다.

그래서 황급히 치우다 보면 어쩔 수 없이 독가루를 흡입
하게 만들었다.

시체가 있는 곳에는 하독하지 않았다. 그런 곳에서라면
당연히 누구나 조심하기 마련. 때문에 하독을 해 둔다 해도
쉽게 중독시키긴 힘들었을 터였다.

"그런데 굳이 시큼한 냄새가 나는 초(醋)를 시체 근처에
뿌려 둔 이유는 뭔가?"

시체 근처에 뿌려 둔 건 평범한 식초였다. 독과는 아무런
관계도 없었다.

"시체에 남은 독에 자신도 중독되었다고 믿게 만들기 위
해서입니다. 그래야 동료들이 독단으로 자결한 게 아니라
제가 그랬다고 생각할 테니까요."

하지만 편복은 걱정스러운 얼굴을 했다.

"저들은 이제 자신들의 정체가 발각되었다고 생각할 걸세. 자네가 죽었다고 생각했다면 정체를 다 불었다고 생각할 수도 있네."

"그게 제가 원하던 바입니다."

편복의 얼굴이 일그러졌다.

"그게 원하던 바라고? 정체가 드러나면 이 마을을 바로 공격하기 시작할 텐데?"

이 마을은 저들에게 장악된 지 오래다.

편복도 들어올 때부터 감시를 당하고 있을 정도였으니 나갈 때도 몰래 빠져나갈 방법은 없다.

달아나려면 최소한의 싸움을 각오해야 한다.

그런데 오히려 공격을 유도하다니?

"옳거니, 저 처자를 따라가서 세작들이 모인 은거지를 급습할 생각이구먼?"

"그렇습니다."

하지만 편복이 기다리고 있어도 진자강은 움직일 생각을 않는다.

그냥 아낙이 사라진 방향을 가만히 보고 있을 뿐이다.

"난 다리가 이러니까 이번엔 안 따라가겠네. 어여 가봐."

"지금 안 따라가도 됩니다. 아마 둘러둘러 돌아갈 겁니다."

"……으응?"

"어디로 가는지 압니다."

편복은 말없이 진자강을 쳐다보았다.

"아무리 한 달을 버티고 있었대도 그렇지…… 저들의 눈을 피해서 잠복지까지 알아냈다고?"

편복이 수상쩍다는 눈으로 진자강의 위아래를 훑었다. 진자강이 담담히 대답했다.

"피해 다녀야 할 건 저들이지, 제가 아닙니다."

"응?"

편복이 수염을 꼬면서 고개를 좌우로 갸웃거렸다.

들고 보니 그럴싸하다. 감시하는 자들은 대개 자기가 감시하고 있는 걸 들키고 싶어 하지 않는다. 진자강이 자기들 쪽으로 오면 오히려 그들이 진자강을 피해 다니긴 했을 것이다.

"그런 거 같기도 하고……."

진자강이 하도 싸돌아다니니 세작들도 자신들의 얼굴이 눈에 익을까 봐 피해 다닌 게 확실하다. 그사이에 빈틈이 생겨서 진자강이 충분히 보고 싶은 걸 다 보고 다녔다는 뜻이다.

물론 말은 쉽지만 그게 행동으로 할 수 있는 일인가?

감시받는 입장인데 위축되지도 않고?

"자네는 정말 모를 사람이군. 하지만 좀 알 것 같기도 해."

아주 잠깐 함께 있었을 뿐인데 편복은 어쩐지 진자강이 살아온 길의 일부가 어떠했는지를 살짝 엿본 기분이 들었다.

"흐음."

진자강을 바라보는 편복의 표정이 다소 풀어졌다.

"아, 그런데 시체의 손에 쥐어 준 대나무 통은 뭔가?"

진자강은 객잔을 나올 때부터 봇짐을 메고 있었다. 거기에서 대나무 통 하나를 꺼내더니 시체들의 손에 쥐어 준 것이다.

"거름을 눌러 담아 아교와 밀랍으로 봉인한 겁니다."

"얼마나 된 건가?"

"엿새쯤 됐습니다."

편복이 표정을 일그러뜨렸다. 그걸 열었을 때 무슨 일이 생길지 알 수 있을 것 같았다.

"괴짜 같으니라고. 자네 생각보다 더러운 사람이구먼."

"죽고 사는 데에 더러운 문제가 중요한 건 아니지 않습니까?"

"알았으니까 자꾸 이상한 사상을 강요하지 말게. 나까지 물들 것 같으니."

진자강이 말했다.

"함께 가보시죠."

"응? 어딜?"

"확인한다고 하지 않았습니까. 저들이 이 마을을 어떻게 할 것인지. 제 예상이 맞다면 저들의 은거지는 여기서 멀지 않습니다."

*　　　*　　　*

아낙은 점포들이 늘어선 길을 지나 가장 끝에 있는 포목 점까지 바삐 걸어갔다. 겉으로 보기에는 평범한 포목점이다.

아낙은 주변의 시선을 의식하듯 좌우를 두리번거리다가 수레를 놓고 포목점으로 들어섰다.

포목점 안쪽은 물건들이 어지럽혀져 있어 매우 번잡하고 좁았다. 포목점 주인이 앉아 있다가 아낙과 눈을 마주치고 안쪽을 가리켰다.

포목점 안쪽에 창고로 들어가는 문이 있었다. 아낙이 문을 열고 들어가자 창고 안에는 벌써 여러 명의 세작들이 모여 있는 중이었다.

"무슨 일이지?"

"쿨럭!"

아낙이 기침을 하며 입가에 피를 비치자 세작들이 깜짝 놀라 물러섰다.

아낙은 피를 닦고 입을 가린 채 말했다.

"왕호 패거리 넷이 모조리 죽었습니다. 사갈독왕의 독에 당한 것으로 보입니다."

"뭣?"

세작들이 놀라서 우두머리를 쳐다보았다.

"이제까지 가만히 있던 놈이?"

"놈이 뭔가 행동하려는 것 같습니다."

우두머리가 아낙에게 물었다.

"고문의 흔적은?"

"죄송합니다. 독기 때문에 자세하게 확인하지 못했습니다. 이것을 겨우 가져온 게 다입니다."

아낙이 입을 가리고 조심스럽게 가운데 탁자에 피 묻은 대나무 통을 내려놓았다. 세작 한 명이 한 뼘 크기의 대나무 통을 붙잡고 신중히 살폈다.

"별다른 기관 장치가 있는 것 같지는 않고, 뚜껑도 단단히 봉인되어 있습니다. 먹물을 담는 데 쓰는 대나무 통인 것 같은데……."

"왕호가 죽기 전까지 손에 쥐고 있던 것입니다. 뭔지는 저도 모르겠습니다."

어쩐지 수상해서 함부로 건드리기가 어려웠다.

그때 창고 밖, 포목점에서 비명이 울렸다.

"끄악!"

포목점 주인의 비명이었다.

세작들은 털이 쭈뼛 솟았다.

"놈이 공격해 온 것 같습니다!"

세작들이 아낙을 쳐다보았지만 아낙도 당황할 뿐이었다.

"충분히 멀리 돌아왔는데……."

"놈이 이곳에 온 이유는 뻔합니다. 우리를 완전히 없애고 잠적하려는 모양입니다!"

우두머리가 이를 질끈 물었다. 우두머리의 시선이 대나무 통에 꽂혔다.

"이것 때문인가?"

전서구라도 날리려면 통의 정체를 확인하지 않을 수 없었다.

우두머리는 즉시 대나무 통의 뚜껑을 칼로 열어서 땄다.

그 순간.

펑!

대나무 통이 폭발하며 사방으로 시커먼 덩어리들과 작은

독침이 튀어 나갔다.

"으아아악!"

통을 열었던 우두머리의 얼굴이 고슴도치가 되었다. 근처에 있던 자들도 독침 세례를 피하지 못했다. 게다가 더러운 찌꺼기들이 사방에 튀어 있어서 냄새마저 역했다.

통 안쪽에서 부패한 거름이 팽창을 못 이기고 뚜껑이 열리는 순간 터진 것이다.

第五章

지옥문(地獄門)

"으으으……."

신음 소리와 썩은 거름 냄새가 창고 안에 진동했다.

진자강이 창고 안으로 들어섰다.

독침을 맞지 않아 멀쩡한 서너 명은 진자강을 보고 놀라서 경직됐다.

진자강이 그들을 보고 말했다.

"전부 안면이 있는 분들이군요. 길 건너 객잔에 머물고 있는 상행단의 일꾼과 검수. 행상, 개울가 다리 밑에 있던 거지 노인……."

행상 노릇을 하던 우두머리가 얼굴에 침이 잔뜩 꽂힌 채로 소리쳤다.

"신호를 올려!"

거지 노인이 창가로 가 나무판자로 덮인 창문을 들었다. 그러곤 창문틀에 걸려 있는 폭죽의 심지에 불을 붙였다.

그것을 방해하지 못하게 할 생각으로 일꾼과 검수가 진자강에게 달려들었다.

진자강은 소매를 흔들었다. 일꾼과 검수가 달려오고 있는 바닥에 바늘이 깔렸다.

"윽!"

일꾼이 허둥대다가 바늘을 밟고 바닥을 굴렀다. 진자강의 발아래까지 굴러 온 일꾼이 진자강의 다리를 잡으려 들었다. 진자강은 일꾼의 손을 발로 밟았다.

굳이 내공을 쓰지 않아도 팔 년을 쉬지 않고 갱도에서 망치질만 한 진자강이다. 근력이 어지간한 수준은 넘었다. 진자강은 일꾼의 머리통을 손바닥으로 후려쳤다.

텅!

일꾼의 머리가 바닥에 부딪쳤다가 튕겼다. 기절했는지 눈동자가 풀려서 허옇게 흰자위를 드러냈다.

"사갈독왕!"

검수가 감히 진자강에게 다가서지 못하고 옆에 쌓인 포목 묶음을 들어 진자강에게 던졌다.

진자강은 가볍게 몸을 옆으로 틀어 묶음을 피하면서 봉
침을 뽑아 던졌다. 근거리에서 던진 봉침이 검수의 손목에
꽂혔다.

　"으아아아!"

　검수가 선반을 발로 차 무너뜨리면서 발악을 했다. 진자
강이 앞으로 나아가려다 멈추고 손가락 사이에 봉침을 끼
워 들었다.

　거지 노인이 안절부절못하고 진자강을 보면서 폭죽을 몸
으로 가로막았다.

　진자강은 양손을 동시에 교차하며 봉침을 던졌다. 봉침이
비선십이지의 호선을 그리며 거지 노인의 목과 등에 꽂혔다.

　"크윽!"

　그사이 창문에 꽂힌 폭죽에 불이 붙었다.

　쉬이익!

　붉은 연기가 피어올랐다.

　거지 노인이 의기양양한 미소를 지었다.

　"크흐흐. 날 막는 데 실패했구나, 사갈독왕!"

　진자강은 소매에서 침을 더 뽑으려다가 포기하고 팔을
내렸다.

　"결과적으로는 그렇게 됐군요."

　거지 노인의 이마가 불그스름해지기 시작했다.

"흐흐! 이제 와서 발버둥 쳐도 네놈이 달아날 길은 없다."

진자강이 무표정하게 대꾸했다.

"당신들을 전부 죽이고 달아나면 되지 않습니까."

거지 노인의 눈썹 끝이 흔들리며 눈초리가 서서히 처졌다.

"이미…… 이 마을은 포위되어 있다. 한 놈도 살아서 못 나간다."

"채령산으로 안 가면 되잖습니까."

"당연히 남가촌 초입에도 우리 무사들이 진을 치고 있지."

"그렇군요. 그럼 전 도망갈 수가 없겠군요."

"당연하지."

거지 노인의 뺨까지 늘어졌다. 뜨거운 물에 목욕을 한 것처럼 얼굴까지 붉게 달아올라 있었다.

"그럼 이 마을 사람들은 어떻게 할 생각이었습니까?"

거지 노인은 실실 웃었다.

"우리야…… 시키는 대로 하는 거니까……."

진자강의 표정이 차가워졌다.

"그동안 나를 내버려 둔 이유는 뭡니까?"

거지 노인이 웃으면서 대답했다.

"위에서, 기다리라고, 흐으……."

"뭘 기다리고 있었다는 겁니까."

"사파의 동향을……."

우두머리가 고통스러운 표정을 지으면서도 어이가 없어 소리를 질렀다.

"입 좀 닥쳐!"

거지 노인은 영문을 모르겠다는 듯 나태해진 표정으로 당황스러워했다.

"으응? 아니, 내가 왜…… 이런 얘기를 주절주절……."

진자강이 대답했다.

"당신 잘못이 아닙니다. 생단삼(生丹蔘)을 과용하면 몸이 무기력해집니다. 진정 작용이 과해지죠. 마음이 편해져서 자기도 모르게 아는 얘기를 다 털어놓았을 겁니다."

"어…… 음……."

"얘기 잘 들었습니다."

거지 노인은 거의 눈이 감기다시피 해서 바닥에 축 늘어졌다.

곧 편복이 뒤로 들어왔다.

"아아, 그간 우리 동향을 엿보고 있었다는 건…… 그러니까 결국 이 망할 자식들이 우릴 어떻게든 자네와 엮으려 들었다는 거였어."

편복은 입구에 쓰러져 있던 일꾼의 목을 단도로 베어 죽이고는 검수에게도 다가갔다. 아직 정신이 있는 검수가 버둥대자 다리부터 단도를 찍고, 검수가 비명을 지르는 사이 가슴을 찔러 죽였다.

편복이 투덜거렸다.

"내가 이럴 줄 알았어. 아주 선인(善人) 나셨군, 선인 났어. 아니, 좀 죽일 만한 독을 쓰면 안 돼? 내가 자네 따까리야? 어? 쫓아다니면서 대신 숨통이나 끊고 다니게?"

진자강이 무슨 소리를 하냐는 듯 편복을 쳐다보았다.

"이번에 쓴 건 살상용 독입니다만."

편복이 다른 자들을 살펴보았다. 대부분이 피거품을 문 채 숨이 넘어가 있었다.

"……아, 그래? 효과가 되게 안 좋은 독인가 보구먼."

"이 마을을 공격할 생각이 아니라고 하면 해독해 줄 생각이어서 그랬습니다."

"……."

편복은 구시렁거리는 표정을 지으며 우두머리를 쳐다보았다.

우두머리의 얼굴은 퉁퉁 부어 있었다.

우두머리가 이를 갈며 말했다.

"어차피 너희 둘…… 은…… 여기에서…… 뼈를 묻게 될……."

"극락왕생하슈."

편복은 우두머리의 말을 더 듣지도 않고 심장을 찔렀다.

진자강이 편복을 빤히 쳐다보자, 편복이 어깨를 으쓱했다.

"왜, 뭐?"

*   *   *

포목점을 나온 편복이 혀를 찼다.

몇몇 군데 점포와 민가에서 붉은 연기가 피어오르는 걸
본 것이다.

세작의 은거지가 한 군데가 아니라 여러 군데 있었던 듯
했다.

"신호를 보내는 걸 못 막았으니, 이제 놈들이 물밀 듯이
밀려오겠군."

하지만 진자강은 전혀 개의치 않는 표정이었다. 편복이
인상을 썼다.

"진짜, 자네. 마음에 안 들어. 무슨 놈의 표정이 다 알고
있다는 그런 투지?"

편복이 눈을 가늘게 떴다.

"뭐야. 설마…… 처음부터 이럴 생각이었나? 신호를 일
부러 보내게 놔뒀어?"

"그래야 저들이 움직이지 않겠습니까."

"오게 해서 어쩌려고!"

"오게 하는 게 아니라 움직이게 하려는 겁니다."

"그래서 어쩔 건데?"

"싸워야지요."

편복의 얼굴이 일그러졌다.

"아니, 싸우려는 사람이 저놈들에게 신호를 보내 준비하게 해? 미쳤어? 왜 알면서 지옥문을 열어?"

진자강은 옅은 미소를 보였다.

"지옥문이라면…… 생각보다 익숙할 것 같군요."

편복은 한숨을 푹푹 내쉬었다.

"몰래 도망가도 몇 번은 싸우고 가야 할 판인데 난동을 피우고 싸우겠다니…… 이해를 못 하겠구먼."

"싸움이 끝날 때까지 잘 숨어 계십시오."

"싸움이 끝날 때까지 내가 살아 있을 수 있겠나? 자네의 생사 여부에 관계없이 이 마을의 존재 여부가 불투명한 와중에."

편복이 고개를 흔들었다.

"자네는 아직도 내 말을 믿지 않는 모양이군. 보는 눈이 그리 많은 중원에서도 하루아침에 가문 하나가 날아가는 마당일세. 하물며 여기 변방 운남 산골짜기의 소수민족이

사는 마을에 무슨 보는 눈이 있다고 손쓰길 망설이겠나?"

"망설이게 될 겁니다."

"그러니까 무슨 수로?"

진자강은 더 대답하지 않았다.

"잘 숨어 계십시오."

편복은 한숨을 쉬었다.

"후우. 알겠네."

어차피 다리를 다친 탓에 제대로 달아날 수도 없는 편복이었다. 지금은 진자강이 싸우는 동안 숨어 있는 게 최선이었다.

진자강이 실패할 건 뻔할 뻔 자였다. 그저 저들이 마을까지는 손대지 않고 진자강만 잡아가길 바라는 수밖에.

다행히도 편복은 어디에 숨어 있어야 제일 살아날 가능성이 큰지 알고 있었다. 예전에도 그렇게 해서 살아난 적이 있었다.

변소 혹은 퇴비나 거름을 쌓아 둔 구덩이였다.

칼이나 창으로 찌르는 경우가 있으니 한두 번만 참으면 살아날 수 있긴 했다.

"자네 때문에 똥독 올라 죽으면……."

"아."

진자강이 생각난 듯 말했다.

"변소나 퇴비 쌓아 놓은 곳엔 숨지 마십시오."

편복의 얼굴이 일그러졌다.

"왜!"

"위험합니다."

"뒷간이 뭐가 위험한데!"

진자강이 바람에 휘날리는 머리를 다시금 질끈 동여 묶으며 말했다.

"운남의 겨울은 바람이 사납습니다."

＊　　＊　　＊

펑!

화르르르…….

마을 이곳저곳에 불길이 치솟기 시작했다.

마치 화약이 터지듯 펑펑 소리가 나고, 마을 주민들이 놀라서 뛰어나오며 소란이 일었다.

가뜩이나 건조한 날씨에 바람까지 거센 탓에 불길은 금세 논밭까지 번져 들불이 되었다.

사람들이 이리저리 뛰어다니며 마을은 순식간에 아수라장이 되었다.

"……."

멀리서 이를 지켜보던 편복은 욕을 하지 않을 수가 없었다.

"에이, 미친놈."

불을 지른 건 제갈가의 이들이 아니었다.

진자강이었다.

진자강이 왜 변소나 퇴비 쌓아 놓은 곳에 숨지 말라고 하나 했더니 그런 데를 골라 불을 지르고 다니기 위해서였다. 변소나 퇴비는 불이 붙으면 폭발하면서 폭음이 울려서 실제 불이 나는 것보다도 훨씬 더 큰 주목 효과가 있었다.

게다가 변소나 퇴비에는 대부분 사람이 없으니 인명 피해도 가장 적고 말이다.

"미친놈……."

편복은 부르르 몸을 떨었다.

도대체 왜 이런 짓을 벌이는 건지 편복은 아직까지도 진자강을 이해할 수 없었다.

＊　　　＊　　　＊

사갈독왕이 움직였음을 알리는 신호탄.

그리고 이어진 마을의 불.

이러한 연속적인 상황은 남가촌을 포위하고 있던 제갈가의 무사들에게 상당한 혼란을 주었다.

입구 쪽에 있던 쪽도, 채령산 쪽에 있던 쪽도 마찬가지였다.

"으음?"

산에서 마을을 내려다보던 제갈명의 눈이 찡그려졌다.

"무슨 일이지?"

진자강이 무언가를 행동한 건 틀림없는데 그게 무엇인지 밝혀지지 않은 상황.

하다못해 저 불이 왜 일어났는지, 누가 일부러 불을 지른 것인지조차 알 수가 없다.

"연락은?"

"없습니다!"

더 이상의 정보가 없는 걸로 보아 감시자들이 당한 게 틀림없어 보였다. 그러면 저 불의 의미를 알기 전까지 마을에 진입하는 건 불가능하다.

불이 점점 더 심해지고 있었다. 마을이 거의 전소될 거라는 생각이 들 정도로.

연기까지도 매우 심하게 피어오르고 있었다.

뭉게뭉게 피어오르는 연기가 시야를 가려서 마을이 잘 보이지 않을 정도가 되었다.

이를 함께 지켜보고 있던 제갈손기가 걱정스러운 투로 제갈명을 쳐다보았다.

"형님?"

지금 마을로 진입하거나 해야 하지 않느냐고 결단을 촉구하는 부름이었다.

제갈명은 타는 냄새가 나서 부채를 부치며 말했다.

"흠. 타 죽기 싫으면 놈이 마을 밖으로 나오기야 할 것이다. 그러면 그때에……."

그러나 불현듯 제갈명은 이상함을 느꼈다.

불길이 번지고 있고, 연기는 더 심하게 피어오른다.

그런데 그 연기의 방향이 심상치 않다.

"바람이……?"

제갈명은 퍼뜩 깨달았다.

"곡풍(谷風)!"

한 달 전과는 바람의 방향이 다르다. 훨씬 바람도 세졌다.

거기다 바람은 정확하게 채령산 쪽으로 불고 있다. 연기가 제갈명들을 향하고 있었다.

저 불이 꺼지지 않는다면, 불은 그대로 채령산까지 타고 올라와 제갈명들을 덮칠 것이다.

제갈명의 표정이 굳었다.

"아무래도 너무 욕심을 부린 모양이군."

사파를 끌어내지도 못하고 성과도 없이 보낸 시간이 너무 아쉬웠다.

"설마하니 놈들이 사갈독왕을 버릴 줄이야."

제갈명은 백리중이 스쳐 지나듯 던졌던 한마디의 밀언(密言)을 떠올렸다.

—영봉(英鳳)이 사갈독왕을 만나기 직전에 요화가
사갈독왕과 접촉했다던데…….

영봉은 삼룡사봉 중 제갈연을 부르는 별호이고 요화는 산동요화. 즉, 여의선랑을 말하는 것이다.

여의선랑.

무림총연맹으로 인해 하나의 거대한 덩어리가 된 백도정파와 달리 이리저리 갈라져 있는 사파의 여러 세력 중 산동 쪽으로 가장 큰 단독 세력을 가진 여걸(女傑).

백리중에게 그 말을 들은 직후, 제갈명은 제갈연의 시신을 다시 한 번 확인했다.

오른쪽 겨드랑이 아래에 희미하게 난 둥그런 자국. 그 자국을 중심으로 독이 퍼진 듯 짓무른 살.

독지(毒指)에 당한 흔적이었다.

제갈연이 익힌 비익검은 어깨를 뻗은 상태로 고정시키고 팔꿈치와 손목을 최대한 튕겨서 연검의 추진력을 얻어 낸다. 그 유일한 약점인 극천혈을 정확히 지풍에 얻어맞은 것이다.

사갈독왕이라는 어린놈이 무공의 천재나 고수가 아니고서야 한눈에 비익검의 약점을 알아냈을 리 없었다.

그건 신융의 증언과도 일치했다.

신융은 사갈독왕의 무공이 그리 높은 편은 아니라고 했다. 독술에 있어서는 뛰어났으나 결코 제갈연을 해칠 수 있는 수준이 될 수 없다고 말했다.

그래서 자신이 제갈연을 데리고 달아날 수 있었으나 결국은 독 때문에 제갈연이 죽었다고 했다.

그리 무공이 낮은데도 제갈연이 비익검의 약점을 당했다?

그건 어떤 식으로든 여의선랑의 개입이 있었다고밖에 볼 수 없는 일이다. 또한 여의선랑이 사갈독왕을 매우 아낀다는 의미로도 받아들일 수 있었다.

그러니…….

그 여의선랑이라는 대어를 낚을 수 있었다면 구겨진 제갈가의 체면을 회복하는 건 일도 아니었다.

하지만 원하던 대어는 낚이지 않았고 결국 상황은 좋지 않게 흘러와 버렸다.

운남의 겨울 날씨가 이리 움직일 줄은 제갈명이라도 예측하기 어려운 일이었다.

제갈명은 결단을 내려야 했다.

저 화염을 뚫고 남가촌에 진입할 것이냐, 아니면 사갈독왕이 하고 싶은 대로 하게 내버려 둘 수밖에 없느냐.

그런데 불현듯 제갈명은 사위가 어두워지고 있음을 깨달았다.

제갈명은 연기의 움직임을 가만히 지켜보았다.

"기다린다."

제갈손기가 눈을 동그랗게 뜨고 되물었다.

"예?"

굳어 있던 제갈명의 얼굴이 살짝 풀렸다.

"곧 밤이 된다. 그러면 바람의 방향이 산에서 들판 쪽으로 바뀌며 산풍(山風)이 불게 될 것이다."

"하지만 우리가 기다릴 거라고 마을 입구에 있는 반대쪽 분대에 연락할 방법이 없습니다."

불 때문에 사람을 보낼 수도 없고 시커먼 연기 때문에 색 연기를 피우는 것도 불가능하다.

"겨울이니까 빠르게 추워질 테고, 바람이 바뀌는 데에 생각보다 그리 시간이 오래 걸리지 않을 거다."

제갈명은 시간을 가늠했다.

"이미 해가 지고 있으니 길어야 한 시진. 불길의 방향이 바뀌는 순간 곧바로 연락을 취하고 진입할 수 있게 준비해라."

"예!"

제갈명이 조롱이 한껏 담긴 웃음을 머금고 중얼거렸다.

"초대에 응해? 말만 번드르르한 사파의 버러지 놈. 네놈을 그동안 살려 준 게 네놈이 무서워서라고 생각했다면 오산이다. 그간 잘 즐겼길 바란다. 이제 네놈에게 남은 삶은 한 줌도 채 되지 않을 테니까."

*　　　*　　　*

"아이고……."

"아아아."

망연자실한 남가촌의 사람들.

냇가와 우물에서 물을 퍼다가 불을 꺼 보려 하나 바람이 너무 센 탓에 불길이 잡히지 않았다.

불길이 너무 거세져서 더 남아 있는 게 위험해지자, 사람들은 불길이 번져 가는 방향의 반대로 대피할 수밖에 없었다.

마을 사람들은 안타까움을 감춘 채 채령산의 반대쪽인 마을 입구 쪽으로 대피하기 시작했다.

그러나 대피 도중 걸음을 멈출 수밖에 없었다.

이미 여러 사람들이 마을 입구에 멈춰 서서 웅성거리고 있었다.

마을 입구에 무기를 든 무사들이 몰려와서 지키고 있었기 때문이었다.

제갈가 가신 가문의 무인 적율이 무사들 오십 명을 이끌고 입구를 틀어막은 채다.

적율은 오십 대의 장한으로 제갈가의 상급 검공을 익힌 고수였다.

남가촌 사람들은 무사들이 길을 열어 주지 않자 겁을 먹고 멈춰 섰다. 그러나 그대로 있으면 다 타 죽을 지경이니 가만히 있을 수가 없었다.

"보다시피 산적이라도 지금은 가져갈 게 없소! 비켜주지 않으면 우린 다 타 죽을 거요!"

"비켜 주시오!"

"왜 길을 막는 겁니까!"

사람들이 아우성을 쳤다.

그러나 적율은 대꾸도 않고 사람들을 노려보고 있을 뿐이었다.

심지어 마을 사람들의 항의가 계속되자 칼의 손잡이를 흔들어서 철컥 소리를 냈다. 동시에 무사들이 한 걸음을 나서서 무기를 뽑을 자세를 취했다.

마을 사람들이 겁을 집어먹고 입을 다물었다.

적율은 신경이 잔뜩 곤두서 있었다.

마을에 갑자기 이만한 큰불이 난 것도 수상한데 채령산에 있는 본대와는 연락이 되지 않았다. 게다가 불이 나기 직전 올라온 붉은 연기의 신호 역시 이유를 알 수 없으니 거슬릴 수밖에 없었다.

저들 중 어디에 사갈독왕이 숨어 있다가 기습을 해 올 수도 있는 일인 것이다.

마을 사람들 중에 섞여 있던 몇몇 세작들이 튀어나왔다. 그들이 적율을 향해 걸어왔다.

"도대체 무슨 일이냐."

"사갈독왕이 움직인 걸 확인했습니다."

"그건 우리도 봤다."

"왕호가 있는 쪽 은거지였습니다."

적율이 세작들과 마을 사람들을 둘러보았다. 그러나 왕호의 조 세작들이 한 명도 보이지 않았다.

"죽었군."

불길이 심해지자 마을 사람들은 다급해졌다. 마을 사람들이 제갈가 무사들을 향해 슬금슬금 다가가기 시작했다. 누구인지 알 수 없는 자들에게 칼에 맞아 죽으나 불 타 죽으나 마찬가지니 달아나다 죽겠다는 생각이 든 듯했다.

"어쩔까요."

부관의 물음에 적율이 눈을 찡그렸다.

사갈독왕이 이 같은 상황을 노린 거라면 당연히 위험을 감수할 수 없었다.

"전부……."

그런데 그때.

"저기 보십시오!"

무사 몇몇이 손가락으로 앞쪽을 가리켰다.

머잖은 곳, 불타고 있는 객잔의 이 층.

한 명의 청년이 위태위태하게 불타는 난간 위에 서 있었다. 아니, 그냥 서 있는 게 아니라 그곳에서 무사들을 내려다보고 있었다.

"사갈…… 독왕?"

오십 명의 무사들을 바로 지척에 두고도 전혀 긴장하거나 두려워하는 기색이 아니었다. 아니, 오히려 오만하기 그지없는 태도로 보였다.

마치 자신이 여기에 있는데 어딜 찾고 있느냐는 투로 깔보는 듯.

"이런 건방진 놈이……."

적율이 무사들에게 손짓했다. 마을 사람들에게 달아날 길을 열어 주라는 표시였다.

"괜히 쓸데없는 것들이 끼어들면 복잡해진다. 그냥 보내."

"하지만 부문주님의 명령은……."

"놈이 먼저다. 보내."

"알겠습니다."

무사들이 한쪽 길을 열어 마을 사람들이 지나가게 해 주었다.

"빨리들 가!"

"어서 꺼지라고!"

마을 사람들은 황급히 마을 밖으로 빠져나갔다.

근처에 숨어 있던 사람들도 하나둘 나오기 시작했다.

그중에는 지팡이를 짚은 편복도 있었다. 편복은 얼굴을 시커멓게 칠하고는 사람들 틈에 끼었다.

제갈가에서 사람들을 보내 주지 않을 거라 생각했기에 싸움이 끝날 때까지 숨어 있으려 하였으나, 순순히 보내 주는 바람에 달아날 기회를 포착한 것이다.

편복은 사람들 틈에 섞여 뒤를 돌아보았다.

진자강은 여전히 객잔의 난간에 서서 마을 사람들이 달아나는 걸 지켜보고 있었다.

편복의 눈빛에 감탄의 빛이 어렸다.

불을 붙일 때만 해도 그냥 미친놈이라고 생각했는데, 결국 그것이 마을 사람들을 대피시킬 수 있는 기회를 만들어 낸 것이다.

불 때문에 몇몇은 다치고, 재산이며 살아온 터전이 사라지게 되겠지만 그래도 목숨은 건질 수 있게 되었다.

물론 이것은 정파의 일 처리 방식이라고는 할 수 없었다.

오로지 생존에만 극단적으로 치우친 해결 방법이다. 아니, 애초에 이런 무지막지한 일을 해결 방법이라고 할 수나 있는 걸까?

편복은 갑자기 팔에 닭살이 돋았다.

도대체 진자강이 그동안 어떤 삶을 살아왔기에 이런 커다란 일을 일말의 망설임도 없이 시도할 수 있었는지!

지난번 일로 진자강이 살아온 삶의 단편을 잠시 엿보았다고 생각했는데 그것조차 착각이었다는 생각이 들었다.

'저 친구……'

잠시 진자강을 지켜보던 편복은 묘한 감정을 느끼며 다시 고개를 돌리고 사람들에게 섞여 도피를 재촉했다.

마을 사람들이 대부분 경계 밖으로 나가자 마침내 적율이 칼을 들었다.

"가자."

적율이 선두에 서고 부관이 오십 명의 무사들을 인솔해 객잔을 향해 다가가기 시작했다.

진자강은 객잔의 외부 난간 위에서 그들을 보고 있다가

가볍게 심호흡을 했다.

저들은 복수를 위해 진자강을 죽이려 하고, 진자강은 살아남기 위해 저들을 죽여야 한다.

자신의 복수행을 계속하기 위해서.

복수에 우열이 있을 수는 없겠으나 서로 간에 뒤엉킨 복수는 매우 기묘한 부분이 있었다.

저들이 포기할 수 없듯, 진자강도 포기할 수 없었다.

진자강이 자신의 손으로 복수를 마무리하기 위해서는 결국 저들의 복수는 실패해야만 하는 것이다.

진자강은 객잔에 다가오는 제갈가 무사들을 내려다보며 말했다.

"개인적인 원한은 없습니다. 주민들을 해치지 않았으니 당신들은 여기서 그만두는 게 어떻겠습니까?"

제갈가 무사들이 위를 올려다보고 멈춰 섰다.

"그만두라고?"

적율이 진자강을 보며 어이가 없다는 투로 말했다.

"한 달이나 쥐새끼처럼 숨어 있던 주제에 허풍이 심하구나. 이쯤에서 그만두라? 본대를 불로 막아 놓으면 우리가 겁이라도 먹을 줄 알았느냐?"

"겁먹을 거라고 생각한 적 없습니다. 무의미한 피해를 입히고 싶지 않을 뿐입니다."

"본대가 오기 전에 나를 뚫고 달아날 생각인 거냐? 그건 매우 불가능한 일일 거다만?"

"달아날 게 아니라……."

진자강이 입술 끝을 이죽거렸다.

"당신이 말한 그 본대로 찾아갈 생각입니다."

"뭐라고?"

"미안하지만, 이쪽보다는 그쪽의 초대를 받아서 말입니다."

"하하하!"

적율이 크게 소리 내어 웃었다.

"아니, 그런 개소리 말고 이러면 어떨까. 내가 너를 잡아서 네 목을 들고 본대에 가는 걸로. 그것도 좋을 것 같은데."

진자강은 무덤덤하게 대꾸했다.

"나는 살아서 갈 생각이기 때문에 목만 가져가는 건 안 되겠습니다."

"삿된 농지거리는 그만하자꾸나."

적율이 서서히 검을 뽑아 들었다. 무사들도 동시에 검과 창, 갈고리들을 들어 세웠다.

"미리 말해 둔다만, 네놈의 무공 실력은 익히 알고 있다. 그리고 본인은 네놈을 너끈하게 천 갈래로 갈라 죽일 정도의 실력은 된단다."

적율은 검을 들고 불타는 객잔으로 걸어갔다. 그러더니 진자강이 선 이 층 난간 아래에 서서 검을 치켜들었다.

"불붙은 집에 서 있으니 뜨겁지 않으냐?"

진자강이 무덤덤하게 대꾸했다.

"전 버틸 만합니다만."

"어린놈이 어른을 내려다보는 거 아니다."

순간 검에서 투명한 기운이 어린다 싶더니, 적율이 난간 아래를 받치고 있는 기둥을 검으로 쳤다.

파악!

적율의 검이 물을 벤 것처럼 기둥을 통과했다.

다시 한 번 적율이 옆 기둥을 향해 검을 휘둘렀다. 이번에도 적율의 검이 기둥을 통과해서 지나갔다.

적율이 후, 하고 숨을 내뱉더니 검을 내리고 위를 올려다보며 말했다.

"이제 내려오너라."

난간에 선 진자강이 무슨 의미냐는 투로 적율을 쳐다보는데…….

갑자기 그 순간 기둥이 쩍 소리를 내며 옆으로 밀려 나갔다. 중간이 날카롭게 사선으로 동강 나서 미끄러진 것이다!

이 층 난간에 선 진자강이 휘청거렸다.

우직 우직!

기둥이 잘려 나간 난간이 비스듬하게 기울면서 엎어지기 시작했다. 난간을 이은 각목들과 뒤쪽에 붙어 있던 목재 건물이 무게를 못 이기고 부러지고 뜯기며 기울기 시작했다.

우지지직!

가뜩이나 불이 붙어 약해진 이 층이 지붕과 함께 통째로 무너져서 쏟아져 내렸다. 진자강 역시 마찬가지로 난간의 덩어리와 함께 떨어지게 되었다.

진자강은 난간을 박차고 위쪽으로 손을 뻗었다. 지붕을 잇고 있는 들보를 붙들고 기울어지고 있는 지붕으로 올라갔다. 기왓장 사이사이에서 불길이 치밀어 올랐다.

진자강은 계속 기울어지는 지붕 위로 기어 올라갔다. 쓰러져 가고 있는 지붕 위에서 기왓장을 발로 마구 밀어냈다.

우르르르!

적율은 자신의 머리 위로 불붙은 채 쏟아지는 기둥과 난간의 목재들을 보면서도 피하지 않았다. 그저 선 채로 검을 휘두를 뿐이었다.

썩! 써걱!

적율을 향해 쏟아지던 것들은 그것이 어떤 종류의 재질이건 간에 두 동강이 나며 갈려 떨어졌다. 어떤 것도 자신을 해칠 수 없다는 듯 한 걸음도 움직이지 않는 적율이었다.

와장창, 챙그랑!

검에 베인 기왓장들이 떨어지며 계속해서 깨지는 소리가
났다.

쿠웅!

잘린 기둥이 바닥에 떨어져 그 위로 다른 기둥들이 얽히
면서 이 층과 지붕은 반쯤 기울어진 채 더 이상 넘어가지
않았다.

진자강에게는 다행스러운 일이었다. 진자강은 경사진 지
붕의 꼭대기 용마루까지 올라갔다. 연기와 불길이 진자강
의 몸을 가려 주고 있었다.

진자강이 힘껏 발을 구르며 기왓장을 밀었다.

남은 기왓장 수십 개가 줄지어 한꺼번에 밀렸다. 기왓장
이 폭포처럼 밀려가 적율의 머리 위에 뭉텅이로 떨어졌다.
독곡에서 기와를 놓아 구조를 파악한 것이 이때 도움이 되
었다.

와르르르.

진자강은 그 순간에 빠르게 손을 튕겼다.

봉침 세 자루가 날았다. 봉침이 떨어지고 있는 기왓장의
그림자에 숨어들었다.

와장창창! 와장창!

적율은 연신 검을 휘둘러 기왓장을 쳐 내다가 돌연 기왓
장 아래에서 치솟아 오르는 검은 점 하나를 보았다.

불이 붙어 일렁이는 기왓장의 그림자를 뚫고 오는 짐!

그건 어느새 적율의 눈 바로 앞까지 날아와 있었다. 적율은 눈을 부릅뜨고 허리와 목을 틀었다.

쉭.

검게 칠해진 침 한 자루가 눈가를 스쳐 지나가는 게 똑똑히 보였다. 적율은 원래대로 허리를 세우며 손 안에서 검을 한 바퀴 돌려 거꾸로 쥐었다. 그러곤 손을 위로 내밀었다.

적율의 눈이 번뜩였다.

거꾸로 쥔 검을 좌우로 빠르게 흔들었다.

티팅!

자잘한 쇳소리가 나며 침 두 자루가 튕겨 나갔다. 적율은 다시 검을 거꾸로 고쳐 쥐고 자신을 향해 날아오는 것들을 쳐 냈다.

기왓장뿐 아니라 불타서 부러진 들보며 널빤지, 각목…… 온갖 것들이 쏟아졌다.

팍!

수십 개의 기왓장을 잘라 내던 중 갑자기 적율의 눈이 치켜 올라갔다.

방금 두 쪽으로 가른 기왓장의 밑에서 불꽃이 튀는 게 보였다. 그 아래에 대나무 쪽이 삐죽 튀어나온 것도 보았다.

순간 적율은 허공으로 뛰어올랐다.

퍼엉!

죽통에 거름과 침을 섞어 만든 진자강의 특제 폭발물이 터진 것이다. 적율은 기왓장들을 밟으면서 위로 솟구쳤다. 발아래에서 폭발한 침들은 떨어지고 있는 기왓장들에 가로막혔다.

진자강은 때를 놓치지 않고 연속해서 침을 날렸다.

파파팍!

적율은 다시 기왓장을 밟고 뛰어올라 세 번이나 공중제비를 넘으며 침을 피했다.

그러면서 진자강이 있는 등마루까지 단숨에 근접했다.

진자강은 공격이 실패한 것을 보자마자 등마루를 건너뛰어 지붕 반대쪽으로 넘어갔다.

불과 연기가 자욱하게 피어올라 진자강의 모습을 숨겨주었다.

허공에서 몸을 비틀어 아래를 내려다본 적율은 연기 때문에 진자강이 보이지 않아 인상을 썼다. 연기 속에서 또 암기를 던지면 피하기가 어려워질 것이다.

적율은 급히 천근추의 수법으로 발 쪽에 무게를 두고 허공에서 몸을 곧추세운 채 등마루 위로 뚝 떨어져 내렸다.

그러나 등마루에 착지하는 순간 적율의 얼굴이 크게 일그러졌다.

"큭!"

적율의 눈초리가 떨렸다.

자신의 왼쪽 발등을 뚫고 긴 침이 삐죽 올라와 있었다.

"언제!"

그 옆으로 섬뜩해 보이는 굵고 긴 시커먼 침들이 몇 개나 꽂혀 있었다. 등마루의 어디를 밟았어도 같은 꼴이 되었을 터였다.

일부러 그렇게 만들었는지 침의 끝이 송곳처럼 뾰족한 게 아니라 칼날처럼 비스듬히 되어 있었다.

보통의 침은 잘못 밟으면 침이 부러질 수도 있는데, 이렇게 비스듬히 칼날이 위로 서 있으면 가죽신이 미끄러지면서 칼날이 밑창과 발바닥을 찢고 들어온다. 심지어 발뒤꿈치로 밟아도 굳은살을 베고 들어올 것이다.

이러면 상처도 훨씬 더 심해져서 긴 열상(裂傷)이 생기게 된다.

적율이 발을 뽑으려는 찰나, 연기 속에서 진자강이 불쑥 튀어나와 낫을 휘둘렀다.

적율이 급히 칼을 휘둘러 낫을 막았다. 급해서 검기도 일으키지 못했다.

캉!

칼과 낫이 부딪친 순간 진자강이 팔을 쭉 밀었다. 칼날을 타고 낫이 미끄러져 내려와 손잡이를 쥔 적율의 손가락을 노렸다.

카르르륵!

불꽃이 튀었다.

적율은 최대한 손목을 틀어 검병과 검날의 사이에서 손을 보호하는 호수(護手) 고리로 낫을 막아 냈다.

적율이 검을 쥐지 않은 반대쪽 손으로 진자강의 어깨를 밀치려 했다. 진자강은 그럴 줄 알았다는 듯 미리 몸을 빼 내고 있어서, 적율은 헛손질을 하고 말았다.

으드득.

적율이 이를 갈며 진자강을 노려보았다.

"이놈이…… 내가 어떻게 올라올 줄 알고……!"

"방금 심어 놨습니다. 연기 때문에 반드시 거기를 밟을 줄 알았습니다."

적율은 고통 때문에, 또한 진자강에게 어이없이 당했다는 것 때문에 이를 악물었다.

아니, 어이없이 당한 건 아니었다. 당할 만한 이유가 있었다.

진자강이 뒤로 물러나서 연기에 몸을 숨기자 적율은 진자강이 연기 속에서 암기를 날리거나 기습을 할 거라는 생각이 들었다. 그래서 온 신경을 연기 쪽에 집중하고 재빨리 뛰어내렸던 것이다.

진자강이 처음부터 계속해서 암기를 던져 왔기 때문에
그렇게 생각하는 게 당연했다.

그러나 정작 노리고 있던 공격은 발밑에 숨긴 침이었다
니……!

사갈독왕에 대해 신융이 했다는 말이 떠올랐다.

　　—무공은 대단치 않으나 독술이 뛰어납니다.

그 말 그대로였다. 당시에는 무슨 엿을 먹다가 중독됐다
고 해서 비웃고 넘겼는데, 그게 아니었다.

'이이이……!'

오랫동안 수련한 대부분의 무인들은 생각하기에 앞서 몸
이 움직여 반응한다. 상대의 공격에 몸이 맞춰 움직일 정도
로 수련을 거듭하는 탓이다.

그러나 이 싸움은 다르다.

진자강은 무공만으로 상대하는 게 아니라 지형지물에 암
기, 덫, 심리까지 사용하고 있었다. 매 순간 싸우면서 머리
를 써야 하는 싸움이다. 계속 생각하고 자그마한 것도 놓치
지 않고 주시하며 머리를 굴려야 하는 싸움.

이런 방식이 맨날 칼만 잡고 있던 무인들에게 익숙할 리

없다!

적율의 이마에서 땀이 나고 머리카락과 옷자락의 끝이 열기에 그을리기 시작했다. 진자강이 또 무슨 짓을 할지 몰라 신경을 곤두세우다 보니 섣불리 움직일 수도 없었다.

이글이글.

진자강은 뜨겁지도 않은지 불길과 연기 속에 반쯤 몸을 담그고 있었다. 적율은 움직임이 자유롭지 않아 빨리 발을 빼고 싶었으나 워낙 침이 길게 튀어나와 있어서 발을 뽑으려면 무릎까지는 들어 올려야 했다.

너무 날카로워서 자칫 잘못 움직이면 발이 두 쪽으로 갈릴 수도 있었고 뽑자마자 점혈하지 않으면 출혈이 매우 심해질 거라 쉽게 발을 뽑지 못하고 있었다. 당연히 그렇게 하도록 상대가 내버려 두지 않을 테니 말이다.

적율은 발을 붙인 채 기회를 보고 있었다. 발바닥 아래로 흘러내리는 피가 질척거리고, 독이 돌기 시작하는지 다리가 서서히 뻐근해지기 시작했다.

그러나 진자강은 노려보기만 할 뿐 섣불리 덤벼들지는 않는다. 시간을 보내는 것이다. 어차피 침에는 독이 묻어 있음에 분명하고 출혈까지 심한 건 자신이니 말이다.

생각보다 지독하게 인내심이 강하고 머리 회전이 빠른 놈이라는 걸 인정하지 않을 수가 없었다.

적율이 말을 걸었다.

"뜨겁지 않으냐?"

자신도 뜨거운데 불에 바로 가까이 있는 진자강이야 오죽하랴.

이미 옷깃에 불티가 튀어 여기저기 구멍까지 나 있었다. 하지만 진자강은 표정 하나 변하지 않았다.

"제가 불타 죽기 전에 당신이 죽을 겁니다."

"곱상한 얼굴에 화상이라도 입으면 섭섭할 텐데."

"죽으면 소용없는 얼굴입니다."

진자강이 말을 내뱉는 순간에 적율은 재빨리 왼 다리의 혈도를 짚었다. 독은 물론이고 출혈까지도 막아야 했다.

동시에 진자강도 달려들었다. 점혈까지는 어쩔 수 없어도 발을 빼내지는 못하게 만들겠다는 투였다. 진자강은 몸을 낮추고 아래로 낫을 휘둘러 적율의 멀쩡한 오른발을 노렸다.

적율은 위에서 아래로 검을 찍었다. 진자강이 자신의 오른발을 벤다 해도 진자강은 등짝에 검이 꽂혀 죽을 것이다.

하지만 진자강은 멈추지 않았다.

적율은 분명히 풍부한 경험을 지닌 무인이었고, 제갈가의 가신 가문으로서 수족처럼 움직여 일을 해 왔다. 최근에는 제갈가가 제갈가답지 않다는 말을 들으면서도 여전히 자신의 일에 의문을 갖지 않고 모든 명령을 충실히 이행해 왔다.

그러나 이번만큼은 적율도 아주 잠깐 망설이고 말았다. 진자강은 죽어 버리면 끝이지만 자신은 양발을 모두 잃게 된다. 팔 한쪽 다리 하나 정도가 아니라 양발을 잃으면 순식간에 퇴물이 되고 만다!

아니, 이렇게 머리가 좋은 놈이 막무가내로 달려들 리가 있을까? 어쩌면 자신의 방심을 유도하는 건 아닐까? 죽이기는커녕 자기만 다리를 잃고 개죽음당하는 건 아닐까?

그게 아니라면 자기와 무슨 원수가 졌다고 죽자 살자 동귀어진을 하겠다 달려든단 말인가.

조금 전에는 죽으면 소용이 없다고 화상도 겁내지 않던 놈이었다. 자기 두 발을 잘라 놓고 죽으면 본인에게는 아무런 이득이 없지 않은가. 이득이 없는 일을 왜 한단 말인가?

진자강의 앞뒤가 맞지 않는 행동으로 인한 심계에 휘말린 적율은 머리가 복잡해졌다. 결국 진자강을 공격할 수 있는 시기를 놓쳤다.

방법은 하나뿐.

적율은 진자강을 죽이는 건 포기하고 오른발에 내공을 실어 진각을 밟았다.

꽈앙!

우르르르.

가뜩이나 불이 붙고 쓰러지며 기울어져 있던 지붕이었다. 등마루가 통째로 무너지며 달려오던 진자강도 함께 아래로 떨어지고 말았다. 대신 적율은 그 반동으로 왼쪽 발을 뽑아내고 허공으로 뛰어오를 수 있었다.

진자강이 객잔의 일 층으로 떨어지면서도 왠지 아쉬워하고 있음을 본 적율은 등줄기에 소름이 끼쳤다. 분명히 뭔가가 있었던 게 확실했다.

적율은 뒤로 몸을 날려서 바닥을 구르며 땅에 착지했다.

제갈가의 무사들이 급히 달려와 적율을 부축했다. 적율은 정정당당히 싸우면 한 줌 상대도 안 되는 놈에게 밀려 피했다는 사실에 자존심이 크게 상했다.

하지만 어쨌든 목숨은 부지했으니 다행이었다. 적율은 품에서 해독제와 내상약을 꺼내 입에 털어 넣은 후 소리를 질렀다.

"놈을 잡아!"

곧 부관이 몇 개의 기를 치켜들었다.

적율이 무력 담당이라면 부관은 진법을 이끄는 기주(旗主)다. 제갈가의 핏줄만큼은 아니더라도 어느 정도 구궁팔괘진을 이끌 수 있는 자들로 구성되어 있었다.

최소 아홉 명이 대형을 이루는 데에서부터 시작하여 수

천 명이 한 지역을 점령하는 데에 이르기까지, 구궁팔괘진은 제갈가의 대표 진법이다.

부관이 오색의 깃발을 들고 펄럭이자, 오십 명의 무인들이 삼삼오오 모여 크게 반원을 그리며 불타는 객잔을 포위하기 시작했다.

진자강이 불타는 객잔을 뛰쳐나와 마을 안쪽으로 달렸다. 마을 안쪽은 바람이 그쪽으로 불고 있어서 입구보다 훨씬 더 화염이 심하다.

그러나 진자강이 들어가고 있으니 제갈가에서도 구경만 하고 있을 수는 없었다.

부관이 대열의 가운데에서 중궁(中宮)을 맡아 뛰자, 무사들도 함께 달리기 시작했다. 오십 명의 무사들이 일제히 대오를 맞추어 달려가는 모습은 가히 장관이었다.

달아나던 진자강은 불타는 집들의 사잇길 앞에서 멈추었다.

부관이 달려가며 청색기와 흑색기를 들었다.

각기 목(木)과 수(水)에 해당하는 무사들이 양옆으로 갈라지며 크게 골목의 양쪽으로 퍼지기 시작했다. 크게 둘러싸서 포위망을 두를 모양이었다.

그리고 나머지 무사들은 중궁의 기주를 보호하며 그대로 진자강을 향해 쇄도했다.

진자강은 우뚝 서서 그들을 보고 있었다. 진자강이 서 있는 골목의 양옆 집들은 이미 크게 불타오르고 있어서 진자강이 마치 불타는 문 앞에 서 있는 듯 보였다.

　"이제 어느 쪽이 지옥문을 열었는지, 곧 알게 되겠군요."

　진자강은 그러곤 몸을 돌려 불타는 골목길 안으로 들어가 버렸다.

第六章

진법 대항

　골목길은 여러 채의 집들이 다닥다닥 붙어 있어서 진입
로가 매우 좁았다.

　그 뒤에 무엇이 있을지 우려되는 상황이었다. 만일 좁은
골목길이 미로처럼 이어져 있다거나 하면 자칫 빠져나오지
못하고 큰 피해를 입을 수도 있었다.

　그러나 적율의 부관 이림은 이대로 사갈독왕을 내버려
두어선 안 된다고 생각했다.

　애초에 자신들이 마을 입구를 막고 있던 건, 세가에서 지
금의 인원으로도 충분하다 판단한 때문이었다. 기실 알려
진 사갈독왕의 무위를 생각하면 충분하고도 남았다.

그러나 막상 사갈독왕을 직접 대면해 보니, 이림은 사갈독왕을 단순히 무위만으로 판단할 수 없다는 걸 깨달았다.

마을에 통째로 불을 지를 정도의 대담함.

지형지물을 이용해서 특임조 조장 적율을 패퇴시킬 정도의 임기응변.

그간 독공을 쓰는 자들을 본 적이 없는 건 아니지만, 사갈독왕은 어딘가 궤가 달랐다. 무공을 겨룬다는 개념이 아니라 오로지 생사만을 기준으로 두고 싸우는 자 같았다.

적율과 싸울 땐 자기 목숨마저도 심계의 하나로 써먹었다. 그러니 적율이 저리도 쉽게 당할 수밖에.

그런 계략을 쓰는 자가 대놓고 보란 듯 달아났고 불이 붙은 골목길로 숨었다.

이것은 함정인가, 혹은 허장성세로 자신들의 추격을 막으려는 공명의 공성계(空城計)인가.

사갈독왕이 이제껏 보인 꾀를 생각하면 제갈가의 사람에게 제갈가의 공성계를 쓰지 말란 법이 없었다. 어쩌면 이래 놓고 미리 준비한 퇴로로 탈출할 수도 있다.

그래서 이림은 확인하는 차원이든, 사갈독왕의 행적을 놓치지 않기 위해서든 그를 좇아야 했다.

최악의 경우에라도 본대가 도착하기 전까지 시간을 끌어야 하는 것이 그의 역할이었다.

이림이 적색, 황색, 백색의 기를 동시에 흔들었다.

"진입!"

무사들이 앞을 가로막은 벽과 집을 부수면서 골목길을 진입했다.

그러나 안쪽은 전혀 뜻밖의 장소였다.

순식간에 집들이 사라지고 마치 과수원처럼 나무가 촘촘히 심어진 평지가 나타났다.

나무는 사람의 키보다 훨씬 크게 자라 있는데, 사람의 어깨높이에서부터 가지가 자라 옆으로 풍성하게 뻗어 있었다. 사과나무같이 생겨서 가지와 잎을 넓게 퍼뜨리고 있는 모양새였다.

이림은 그 나무를 한눈에 알아보았다.

"고수백차(古樹白茶)……?"

고수백차는 운남의 특별한 차나무다. 다른 지역의 차나무와 달리 고수백차는 과실수처럼 크게 자란다.

그런데 사갈독왕은 왜 골목길이 아니라 차나무 밭을 택했지?

이림은 곧 사갈독왕의 의도를 짐작하고 고개를 끄덕였다.

무공이 부족한 사갈독왕에게 좁은 골목길은 오히려 죽음의 공간이다. 앞뒤가 막히면 더 이상 달아날 데가 없다.

그래서 불붙은 차나무들이 잔뜩 자라 있는 평지로 굳이 도망 온 것이다. 차나무에 불이 붙고 연기가 심하게 피어올라 시야가 극단적으로 가려지고 있는 상황이라서.

아마 적율을 상대할 때처럼 연기와 불에 자기를 숨길 수 있으리라 생각한 모양이다.

이림이 슬쩍 미소를 지었다.

"진법을 처음 상대해 보는군?"

촘촘하게 늘어선 차나무나 시야를 가리는 연기 따위는 진법에서 아무런 장애가 되지 않는다. 진법에 대해 안다면 이렇게 넓은 곳으로 달아나지 않는다.

이림은 이것이 분명한 사갈독왕의 오판이라 확신할 수 있었다.

천라지망 중에서도 '보이지 않는 적'을 끌어내어 잡는 진법을 일컬어 발출은장 타토자(拔出隱藏 打兔子)라고 한다.

문자 그대로 숨은 토끼를 끄집어내어 몰이사냥을 한다는 의미로도 쓰이지만, 이 말은 본래 생긴 유래가 따로 있었다.

예전에 어느 부잣집 귀부인의 방에 남창(男娼)이 몰래 숨어들었다. 이를 대감이 알고 하인들에게 남창을 잡으라 명령했다.

하지만 아무리 대감의 명이라고 해도 하인들은 함부로 마님의 방을 들어갈 수 없었다. 하여 하인들은 꾀를 써서 방 밖에서 몽둥이로 문을 치며 소리를 쳤다.

깜짝 놀란 남창은 창문을 통해 방을 나와 도망을 다녔다. 깜깜한 밤이고 장원이 워낙 넓어 숨으면 들키지 않을 거라 생각한 남창이었다.

하지만 하인들은 계속 소리를 지르며 돌아다녀서 남창이 숨지 못하고 뛰어다니게 만들었다. 결국 남창은 쫓겨 다니다가 막다른 곳에 몰려 두들겨 맞고 알몸으로 쫓겨났다.

이를 두고 호사가들은 타토자(打兔子)라 불렀는데, 이는 토끼를 뜻하는 토자(兔子)가 사실 남창이라는 속어로도 쓰였기 때문이었다.

그렇듯, 제아무리 사갈독왕이 연기를 이용해 숨으려 해도 구궁팔괘진의 안에서는 소용이 없었다. 애초에 그렇게 숨어 다니는 자, 토자를 잡기 위해 고안된 진법이니 말이다.

이제 이림이 그것을 증명해 보여 주기만 하면 될 차례였다.

유일한 변수는 오직 심하게 타오르는 화염뿐.

이림은 고개를 들었다.

멀리 좌측으로 청색기가 솟아올랐다가 연기와 함께 가려졌다.

삑! 삑!

대신 짧게 두 번의 호각 소리가 울렸고, 우측으로는 차나무 밭의 끝에서 흑색기가 올라와 펄럭이는 게 보였다. 역시나 두 번의 호각이 들렸다.

삑 삑!

목행과 수행의 소속 무사들이 사갈독왕을 놓치지 않고 차나무 밭을 좌우로 포위하는 데 성공했다는 표시다.

사갈독왕은 이제 차나무 밭에 갇혔다.

남은 것은 몰이뿐.

"자, 토끼 사냥을 갈 시간이다."

이림이 적색기와 백색기를 좌우로 펼쳤다. 화행부와 금행부의 무사들이 두 갈래로 갈라지며 전진하고 그 옆쪽을 포위했다.

황색의 기를 흔들며 길게 휘파람을 불자, 토행부의 무사들이 차나무 밭 전면에 한 줄로 늘어섰다.

이림은 다섯 개 기를 품고 있다가, 다섯 개를 동시에 들어 외쳤다.

"개진(開陣)!"

무사들 전체가 함께 소리쳤다.

"개진!"

＊　　　＊　　　＊

화르르르.

차나무 곳곳에 불이 붙어 있었다.

무사들은 혹시나 불붙은 차나무 가지 때문에 자기 머리에 불이 붙을까 봐 최대한 몸을 낮추고 차나무 밭 사이를 수색하기 시작했다.

그런데 특이하게도 둘씩 짝지어 다니는 것이 아니라 한 명씩 따로 떨어져 다닌다.

진자강은 차나무에 몸을 숨기고 이동해 다니며 상황을 지켜보았다. 차나무 밭을 포위한 상태에서 점점 포위망을 좁혀 오는 게 보였다.

연기 때문에 시야가 가려지는 건 진자강도 마찬가지라 정확하게 볼 순 없었지만, 단순히 좁혀 오기만 하는 게 아니라 그 안에서의 수색도 조직적으로 이루어지는 모양새인 듯했다. 여러 개의 수레바퀴가 합을 맞춰 굴러가는 것 같다.

진자강은 차나무 한 그루를 등지고 몸을 숨기고 있다가 좌우를 확인했다. 한 무사가 다가서고 있었고, 좌우 팔방으로 다른 무사는 전혀 보이지 않았다. 진자강은 차나무를 살짝 돌아 무사의 뒤를 덮쳤다. 허리를 구부정하게 숙이고 있는 무사의 입을 틀어막고 낫으로 목을 걸어 당겼다.

무사가 목에서 피를 뿜으며 쓰러졌다. 아무런 소리도, 소음도 나지 않은 깔끔한 살인이었다. 아무도 진자강의 살인을 보지도 못했다.

진자강은 시체를 바닥에 패인 도랑에 시체를 밀어 넣고 다시 차나무에 숨어 이동했다.

그러나 얼마 지나지 않아 갑자기 누군가 소리를 쳤다.

"당했다!"

그것은 진자강이 시체를 숨긴 도랑 쪽에서 들려온 소리가 아니었다. 전혀 의외의 방향이었다. 진자강은 바짝 긴장하여 몸을 낮추었다.

시체는 발각되지 않았다. 그러나 인원이 빈 것이 발각된 것이다.

그 순간 호각 소리가 사방에서 들렸다.

삑! 삐이익! 삑삑!

무사들의 움직임이 달라졌다.

진자강은 마치 갇힌 듯한 기분이 들었다. 자신의 시야에 무사들이 단 한 명도 보이지 않는데도 그러하다.

불쑥.

갑자기 연기 사이로 무사가 뛰어나왔다. 진자강의 전면이었다. 무사가 진자강을 발견하고 눈을 크게 치켜떴다.

"여……!"

진자강은 아래로 파고들어 다리를 낫으로 긁었다. 무사가 급히 칼을 아래로 해 낫을 막았다. 머리 위 차나무 가지에 불이 붙어 있어서 무사는 허리를 구부정하게 굽힌 어정쩡한 자세였다. 진자강은 아예 바닥에 엎드려 기듯이 움츠려서 다시 낫을 휘둘렀다.

무사도 아래쪽으로 칼을 휘둘러 발목을 방어했다.

카락! 칵!

낫과 칼이 부딪칠 때마다 귀에 거슬리는 마찰음이 일었다.

무사가 칼로 낫을 걸어 놓고 몸을 낮추며 진자강을 발로 찼다. 진자강은 몸으로 발을 맞으면서 낫을 칼날에 대고 쭉 밀어 올렸다.

퍽!

사악!

진자강은 어정쩡한 자세의 발차기를 맞았지만 큰 타격이 없었고 무사는 손잡이를 잡고 있던 엄지 윗마디가 날아갔다.

무사가 통증을 느끼며 비명을 지르려는 찰나, 진자강이 낫을 놓고 달려들어 머리로 무사를 들이받았다. 무사의 턱에 진자강의 머리가 적중했다. 무사의 고개가 들렸다.

휘청!

진자강은 무사의 허리를 안고 바로 일어섰다.

무사는 진자강에 의해 들어 올려졌다. 위쪽 차나무 가지
는 활활 불타고 있다.

"으아아아아!"

치지지지지! 살타는 소리가 심하게 났다. 찻잎이 타는 향
긋한 향과 매캐한 연기의 냄새, 그리고 거기에 살타는 냄새
까지 섞였다.

하지만 진자강은 발버둥 치는 무사를 꽉 잡고 놔주지 않
았다.

그 순간 좌측에서 누군가 소리를 쳤다.

"여기!"

좌측 이십 보 정도의 거리에서 무사가 진자강을 발견하
고 소리를 질렀던 것이다.

사방에서 몰려드는 소리가 들렸다. 진자강은 상체에 불
이 붙은 무사를 내던지고 옆으로 달아났다.

삑! 삐이익!

예의 호각 소리가 울렸다. 그러자 무사들은 더 이상 진자
강을 쫓아오지 않았다. 오던 방향에서 직각으로 방향을 틀
어 우측으로 꺾어서 돌았다.

동시에 진자강의 좌측에서 누군가 튀어나와 진자강을 공

격했다. 진자강은 바닥에 몸을 붙였다.

무사의 창이 진자강의 머리 위로 스쳐 갔다. 진자강은 바로 튕기듯 몸을 일으켰다.

창대에 등을 붙인 채로 무사에게 돌진했다. 무사가 창대로 진자강을 누르면서 무릎을 걷어 올렸다. 진자강이 고개를 틀었지만 코 옆 광대뼈에 무릎이 꽂혔다.

진자강은 정신이 아찔해져 무릎을 꿇고 양손을 바닥에 짚었다. 무사가 진자강의 등에 올라타서 창대로 진자강의 목을 걸고 뒤에서 잡아당겼다.

진자강의 허리가 활처럼 휘었다.

"큭!"

우득, 우득.

진자강은 창대를 손으로 잡고 버텼지만 목이 졸려서 숨이 막혀 왔다. 목뼈가 부러질 수도 있었다. 목울대가 눌려서 멍이 들고 통증으로 뻐근해졌다.

"여기 있다! 놈이 여기 있다!"

무사가 소리를 지르는 사이 다소 힘이 약해진 틈을 타, 진자강은 목을 옆으로 돌려 숨통을 틔웠다. 그때 생긴 어깨와 창의 틈새에 팔을 끼워 막고, 동시에 오른손을 왼손 소매에 넣었다가 빼며 봉침을 꺼냈다.

봉침을 그대로 무사의 손등에 꽂았다.

"으윽!"

무사는 봉침이 꽂힌 채로 버텼지만 금세 독이 퍼져 몸을 비틀거렸다.

진자강이 근 한 달간 준비한 독은 창이자(蒼耳子)다.

축농증이나 옴 등의 병에 쓰는 창이의 열매인데 귀고리처럼 생겨 창이자라 불렀다.

중독시 두통과 복통, 구토를 일으키고 급성 중독시 경련이 일어나며 심폐(心肺)의 기능이 약해진다.

덜덜덜.

무사의 눈동자에 힘이 풀려 동공이 커지면서 몸이 굳은 채 떨리기 시작했다.

진자강은 몸을 돌려서 무사를 밀어냈다. 무사는 간질에 걸린 것처럼 바닥에 누워 몸을 떨어 댔다.

"그륵, 극."

무사는 숨을 제대로 못 쉬어 입에 거품이 맺혔고 진자강 역시 목을 만지며 숨을 몰아쉬었다.

싸우기 시작한 지 얼마 되지 않았는데 금세 호각 소리가 다시 울렸다.

호각 소리에 진절머리가 처질 지경이었다. 진자강은 다시 몸을 일으켜 달아나야 했다.

막 걸음을 대여섯 걸음쯤 옮겼을 뿐인데 갑자기 뒤에서

인기척이 느껴졌다. 진자강은 몸을 틀어서 두 대의 침을 던졌다.

"컥!"

뒤에서 진자강을 덮치려던 무사가 얼굴에 독침을 맞았다. 진자강은 소름이 끼쳤다.

방금 저곳에서 이동을 했는데 언제 자신의 뒤를 따라와 나타났단 말인가?

뺨과 턱에 독침을 맞은 무사가 침을 뽑고 품에서 환단을 꺼내 입에 물었다.

아무리 급해도 진자강은 그 모습을 그냥 지나칠 수가 없었다. 진자강은 무사에게 달려들어 바닥을 굴렀다. 단도를 꺼내 무사의 목을 누르면서 배를 찔렀다.

"크헉!"

무사가 피와 함께 입에 물었던 환단을 토했다. 진자강은 무사의 숨을 끊고 환단을 주웠다.

'이것은⋯⋯.'

진자강은 서슴없이 환단을 입에 넣고 맛으로 내용물을 확인했다.

독이 아니라 독을 방지하고 약간의 범용 해독 작용을 하는 평범한 피독제였다. 자금정보다도 훨씬 못한 수준이다. 아마도 일반 무사들에게 지급되는 하품인 듯했다.

진자강이 원하는 답은 아니었지만 도움이 됐다. 진자강은 맛을 충분히 혀에 새겨 놓고 자리를 이동했다.

지겨운 호각 소리가 다시금 울렸다.

삐이이이익!

그리고 순간 들려온 기묘한 소리.

핑!

진자강은 자신의 귀를 의심했다. 지금 들을 만한 소리가 아닌 데 들려온 탓이었다.

진자강은 재빨리 바닥에 엎드렸다.

신경이 곤두섰다.

슈슈슈슈!

'파공성!'

진자강은 옆으로 굴렀다.

후두둑!

불똥이 튀고 불붙은 가지와 찻잎들이 갑작스레 위에서 떨어져 내리며 화살들이 쏟아졌다.

팟! 파파팟!

스무 발에 가까운 화살 비가 쏟아져 계속해서 바닥에 박혔다. 진자강은 한참이나 굴러서 화살의 폭우를 피할 수 있었다.

소름이 끼쳤다. 자신의 위치를 전혀 모를 텐데 어떻게 정확히 한 점에 집중해서 활을 쏘았을까?

삐익삐익! 삑!

하지만 피했다고 끝난 게 아니었다. 진자강이 피한 곳에서 무사들이 다수 나타났다.

무사들은 진자강을 발견하고 소리를 지르며 다가왔다. 머리 위 차나무 가지에 불이 붙어 있어서 무사들도 어쩔 수 없이 반쯤 허리를 굽힌 채였다.

진자강은 침을 뽑아 던졌다. 무사들이 기겁하며 바닥에 엎드렸다.

그사이 진자강은 몸을 반쯤 일으켜 달아났다.

갑자기 찌르는 듯한 살기와 함께 대각선 앞쪽에서 칼이 쭉 뻗어 왔다. 진자강은 옆으로 몸을 틀면서 팔을 들었다. 칼이 진자강의 옆구리를 스쳐 우측 겨드랑이 사이를 지나갔다.

옆구리가 살짝 베였는지 화끈한 작열감이 느껴지며 뜨끔거렸다.

진자강에게 칼을 찔러 넣은 무사가 칼을 우뚝 멈추더니, 곧 칼날 방향을 진자강 쪽으로 돌렸다. 그러곤 그대로 횡으로 베어 버렸다.

진자강은 대경하여 몸을 빙글 회전시켰다. 겨드랑이 사이에 있던 칼이 진자강의 겨드랑이를 따라 쫓다가 진자강이 몸을 회전시키며 뒤집자 칼은 가슴과 배 위를 스쳐 지나갔다.

진자강은 코 위로 칼이 아슬아슬하게 스쳐 가는 것을 보며 이를 악물었다. 급격히 몸을 돌린 탓에 중심을 잃고 옆으로 바닥을 굴렀다.

데구루루.

진자강은 바닥을 구르며 소매에서 침을 꺼내 들었다. 그러나 진자강과 눈이 마주친 무사는 조용히 뒤로 물러나서 연기 속으로 숨어 버렸다.

삐이이이이익―

기척을 느끼려 해 보았지만 완전히 물러난 듯 아무것도 느껴지지 않았다.

"헉헉……."

평범한 무사와는 달랐다. 저 살기는 상당한 무공을 익힌 자의 그것이었다. 칼을 찌르다 말고 멈출 수 있는 것도 일반 무사가 할 수 있는 동작은 아니다.

'일반 무사들 틈에 훨씬 실력이 좋은 무사들이 끼어 있다.'

그러다가 생각지도 못한 곳에서 나타나 기습을 하고 사라진다.

진자강은 더욱 긴장해야 했다.

"와아아!"

"우우우!"

돌연 좌측, 우측에서 계속 함성이 들리며 무사들의 인기

척이 느껴졌다.

진자강은 소리가 들려오지 않는 쪽으로 달아나려다가 섬뜩한 생각이 들어서 멈췄다.

마치 몰이를 당하는 불쾌한 기분.

'이대로 가면 저들이 원하는 대로 행동하게 될 뿐이다.'

진자강은 그제야 진법 안에 갇혔다는 사실을 인지했다. 무사를 몇 처리했고 아직 크게 부상당한 곳도 없으나 점점 지치고 몰리게 될 터였다.

하지만 아직은 섣불리 대응할 수가 없었다. 저들의 행동을 좀 더 관찰하고 파고들 수 있는 틈을 찾아내야 했다.

*   *   *

삐익!

이림은 호각 소리를 듣고 즉각 상황에 맞는 깃발을 흔들어 명령을 내렸다. 연기 때문에 깃발이 보이지 않기 때문에 옆의 무사가 신호에 맞게 다시 호각을 불어 무사들에게 전달했다.

삐이익!

이 같은 신호 체계 덕분에 현재 이림은 진자강의 위치를 거의 실시간으로 파악해 내고 있었다.

구궁팔괘진의 팔문(八門)은 미리 정해져 있는 게 아니다. 오행부의 무사들이 이합집산을 통해 만나고 헤어지는 동안 자연스레 생성되었다가 해체되기를 반복한다.

오행부가 각기 하나의 문을 만들기도 하고 다른 부와 만나 문을 이루기도 한다.

이를테면 금행부(金行部)는 스스로 개문(開門)의 역할을 수행할 수도 있지만 목행부와 화행부를 만나 경문(警門)을 이루기도 했다.

그것을 알 수 있는 건 오직 진을 운용하고 있는 기주 이림뿐이다. 정작 오행부의 무사들도 자신들의 역할을 알지 못할 정도로 진은 끊임없이 돌아간다.

연속적으로 생성되고 소멸하며, 끊임없이 분화하고 합쳐지며 순환하는 것.

이것이 어형태극이다.

숫자가 많아지면 일문일궁사상오행(一門一宮四象五行)으로 점점 더 세분되어 진의 파괴력과 운용의 묘가 늘어난다. 구궁팔괘진으로 운용할 수 있는 최대 숫자는 수만에 이른다. 물론 운용할 수 있는 숫자의 한계는 기주의 능력에 달려 있다.

이림이 운용할 수 있는 한계는 오십 명 정도 수준이다. 하나 숫자가 적다고 진법이 약한 것은 결코 아니었다. 수가 적다고 해도 거대한 진이 단순화된 축소판일 뿐, 각 부의 기능은 다르지 않다.

이 정교한 진법의 톱니바퀴는 중간의 톱니가 빈다든가 누군가가 죽어서 제대로 맞물리지 않게 되면 즉각 그것을 드러낸다. 동시에 적의 위치가 바로 알려지게 된다.

방금까지 사갈독왕은 휴문과 두문의 무사들을 죽이며 이동했고, 운 좋게 상문(傷門)의 화살 비를 피했다. 상문을 지나 변화하는 경문(驚門)에서 위치가 발각됐고, 거기서 경문의 궁(宮)인 태칠궁(兌七宮)에 해당하는 고수를 만났다.

태칠궁의 고수가 사갈독왕을 처치하는 데에는 실패했으나 이후에 사갈독왕은 시끄러운 경문(景門)으로 몰려 쫓기는 중이었다.

시끄러운 경문을 정신없이 지나면 그다음에 사문(死門)이 기다리고 있다.

"생각보다 잘 버틴다만, 사문에 들어서면 어떻게 되나 두고 보자."

이림은 깃발을 흔들었다. 이림의 신호를 본 옆의 무사들이 시끄럽게 호각을 불어 댔다.

*　　　*　　　*

머리 위로 지나가는 불과 연기는 점점 더 심해졌다.

화그르르…….

불티도 사방으로 튀었다.

타탁, 타닥.

거기다 뜨거운 열기와 질식할 것 같은 더운 공기가 피어올랐다.

숨을 쉴 때마다 건조한 공기가 코와 목을 타고 폐로 들어가는 것이 똑똑히 느껴졌다.

숨이 턱턱 막히고, 폐가 말라붙는 느낌.

하지만 진자강은 혼천지에서 살을 녹이는 열기와 피부에 화상을 입히는 뜨거운 수증기를 버티며 한 달을 살았다.

살갗이 몇 번이나 녹고 까지고 벗겨지며 새로 덮였다. 그때마다 곤륜황석유의 효능이 살갗을 단단하게 만들어 주었다.

어지간한 열기는 진자강에게 큰 영향을 주지 못한다. 진자강이 버티는 열기는 다른 사람들이 생각하는 이상이다.

그러나 무사들은 달랐다.

몇몇은 견디지 못하고 얕은 호흡을 하다가 숨 가쁜 소리를 내고, 참다못해 기침을 내뱉기도 했다.

"훅, 훅, 후욱……."

"쿨럭!"

덕분에 진자강은 무사들의 위치를 어느 정도 가늠할 수 있게 되었다.

'계속 나를 따라오는 것 같다?'

가는 길에 마주친 무사 둘을 죽였다. 그러자 호각 소리가
울리고 기침 소리가 움직이는 방향이 달라지는 걸 알 수 있
었다.

진자강은 연기가 심한 곳에서 낮게 몸을 움츠리고 귀를
기울였다. 쿨럭대는 기침 소리가 늘어났다. 놀랍게도 저들
은 진자강이 움직이는 방향을 정확하게 가늠하고 포위망을
조여 오고 있었다.

'어떻게 이런 일이……'

진자강은 신융이 한 말을 떠올렸다.

　　—네가 제갈가를 맞이해 살아날 방법은 어형태극
　을 기억하는 것뿐이다. 내괘의 생문은 사문에 있고
　사문은 경문(景門) 안에 있다.

어형태극은 물고기 두 마리가 서로 꼬리를 물듯이 돌아
가는 모양을 말한다. 음양이 맞물리는 형태인데 물고기의
눈처럼 머리 부분에 구멍이 있다.

천지의 기원은 태극이며 세상은 음양의 조화로 이루어져
있고, 사람은 오행에 따라 살아간다.

음양오행은 약학과 의방에서도 근본으로 다루는 것이기

때문에 진자강도 어느 정도는 알고 있었다.

하나 진법에서의 음양오행을 이해하는 건 부족했다. 남가촌에 있을 때 진법에 대해 알아보려 했으나 이 촌에서는 그런 서책을 구하는 것조차 쉬운 일이 아니었다.

'어형태극은 쉴 새 없이 음양이 맞물리는 것이니, 내가 갇혀 있는 이 진법 또한 계속해서 살아 움직이는 것처럼 돌아가는 것이다. 그렇다면……'

진자강은 이제껏 무사들을 피해 다니던 방식에서 벗어나 역으로 거슬러서 이동해 보았다.

'윽!'

진자강은 굉장한 압박을 느꼈다. 엄청난 살기가 삐죽 솟아 있어서 그쪽으로 가는 것을 용납하지 않는 듯한 느낌이었다.

그 순간 연기 속에서 창이 튀어나왔다.

팟!

진자강은 곧바로 옆으로 굴렀다. 진자강이 서 있던 자리를 창들이 몇 개나 튀어나와 찌르곤 사라졌다.

진자강은 다른 방향으로 움직여 보았다.

또다시 그 방향에서도 창이 튀어나왔다. 진자강이 앞으로 구르다가 튕기듯 몸을 일으켜 소매에서 침 한 자루를 뽑았다. 침을 검지와 중지에 끼우고 힘껏 던졌다.

창을 찔렀던 무사가 창을 세워 창대로 침을 막았다. 독침은 내공이 실리지 않은 비선십이지의 수법으로 던진 것이었다. 독침이 약한 포물선을 그리며 휘어졌다.

독침은 창대를 비껴나 무사의 배에 박혔다.

"큭!"

무사가 답답한 신음을 내며 물러났다. 진자강은 놓아주지 않고 달려들까 하다가 멈췄다.

파파팍!

여러 개의 창이 튀어나왔다가 사라졌다. 마냥 쫓아갔다면 창에 찔릴 뻔했다.

이 진법은 순방향으로 가면 이동이 용이하지만 역으로 거슬러 가는 건 용납하지 않는 것이다.

'나를 사문으로 몰고 있군.'

진자강은 진법에 대해 다소 무지했던 자신의 생각을 수정해야 했다. 불길과 연기에 숨어 한 명씩 처리해 나간다면 진법이든 뭐든 오십 명 정도의 인원은 상대할 만하다고 보았던 것이다.

하지만 진법 안에서 적과 싸운다는 건 생각보다 훨씬 더 까다롭고 어려웠다.

물론 그래서 가변적 요인을 만들기 위해 불을 질렀고 그 중에서도 전장을 차나무 밭으로 선택한 것이지만.

'결국 진법을 구성하고 운용하는 건 사람이다. 빠져나갈 수 있어!'

진자강은 이를 악물었다.

*　　*　　*

이림은 생각보다 수월하게 진법이 운용되고 있어서 만족했다. 차나무 밭이 죄다 타 버려서 무사들까지 통구이가 되기 전에 사갈독왕을 내괘 안쪽까지 몰아넣는 데 성공했다.

곧 진의 중앙에 사갈독왕이 들어가게 될 테고, 그곳을 오행부에서 가장 실력이 좋은 상급 무사들이 습격하게 될 것이다.

거기가 바로 사문.

팔문 중에서 가장 살상력이 높은 문.

이제 사갈독왕은 더 이상 달아날 수 없다.

만일 사문을 뚫는다 해도 뒤이어 연속적으로 상문과 경문이 가로막고 있다. 그리고 두문, 경문이 차례로 기다리고 있으며 그 뒤엔 다시 사문으로.

사갈독왕은 지쳐서 쓰러지거나 죽을 때까지 계속해서 같은 곳을 반복해 돌게 될 터였다.

삐— 익!

이제껏 울린 소리보다 가장 긴 호각 소리가 울렸다.

이림은 회심의 미소를 지었다.

방금 사문이 완성됐다.

"잡았다."

*　　*　　*

두문 토행부의 무사는 내공을 바짝 끌어 올린 채 연기 너머를 노려보았다.

가뜩이나 사방에 불길이 타오르는 곳에서 몸을 굽히고 다니느라 허리가 끊어질 지경이었다. 사방에 불이 붙어 있어 얼굴이 벌겋게 다 익었고 입술은 타서 바짝 말랐다. 머리카락도 열기에 녹아 곱슬곱슬 말려들었다.

숨 쉬는 것도 쉽지 않았다. 숨을 쉴 때마다 뜨거운 공기가 말라붙은 코와 목구멍을 더 심하게 태우는 기분이 들었다.

"후읍, 후읍."

무사는 숨을 내뱉듯이 몰아쉬며 싸움을 준비했다.

방금의 호각 소리는 표적이 자신의 바로 앞에 있다는 걸 알려 주고 있었다. 무사는 칼을 힘껏 틀어쥐었다.

곧 칼을 치켜들고 연기 속으로 뛰어들었다.

휘익!

"……!"

그러나 눈앞에는 아무것도 없었다.

다른 데에서 동시에 뛰쳐나온 네 명의 무사들 역시 마찬가지.

자신들의 앞에 아무도 없다는 사실이 당황스러웠다.

분명히 여기까지 몰고 왔다. 무사들의 목숨을 담보로 확실하게 사갈독왕의 행적을 쫓아서.

그런데 왜 있어야 할 곳에 없는가?

다섯 명의 무사들이 서로를 황망한 눈길로 마주 보았다. 머리 위쪽의 불길이 심해서 어정쩡하게 허리를 굽힌 채 쳐다보는 자신들의 꼴이 우습기 짝이 없었다.

제일 먼저 정신을 차린 무사가 소리쳤다.

"놈이…… 놈이 여기에 없습니다!"

*　　　*　　　*

상황은 수신호와 호각을 통해 이림에게까지 전해졌다.

이림은 크게 당황했다.

"뭐, 뭣? 사문 안에 놈이 없다고?"

그럴 리가 없다고 생각하면서도 손이 떨렸다.

무공이 뛰어난 자가 진법을 힘으로 뭉개면서 달아난 적

은 있어도 중간에 사라진 적은 없었다. 수십 명이 둘러싸고 움직이는데 도중에 빠져나갈 수 있을 리가 없잖은가!

이림은 아까보다 훨씬 크게 불타오르고 있는 차나무 밭을 쳐다보았다. 본격적으로 타기 시작하는지 불길이 훨씬 세지고 연기도 심해졌다.

"역시 저놈의 불이…… 쿨럭."

이림은 타는 냄새 때문에 기침을 하고는 인상을 썼다. 등줄기에 식은땀이 났다.

어디 달아날 데도 없는 차나무 밭에서 구궁팔괘진을 펴고도 사갈독왕을 놓치게 된다?

제갈가의 대표 진법을 쓰고도 잡지 못한다면 이림은 그 책임에 대한 대가를 톡톡히 치러야 할 것이었다.

"멍청이! 그 멍청이만 아니었어도!"

적율이 괜히 나서서 중독되지만 않았어도 지금쯤 훨씬 수월하게 사갈독왕을 잡을 수 있었을 터였다. 살을 태우는 뜨거운 불과 숨이 막히는 연기를 자유로이 오갈 수 있는 정도의 고수는 그뿐이었다.

이림은 적색기와 백색기를 들었다.

이렇게 된 바에는 더 빨리 진을 변화시켜서 그물의 날줄과 씨줄을 더 촘촘하게 얽어맬 수밖에 없었다.

　　　　　＊　　　　＊　　　　＊

　진자강은 사문에 몰려든 무사들을 차나무의 가지 위에서
내려다보고 있었다.

　화르르르.

　제일 불이 덜 붙은 차나무 위로 올라왔으나 그래도 옷에
불이 옮겨붙어 살이 타고 그을렸다. 쉴 새 없이 올라오는
연기에 눈이 맵고 숨이 막혔다.

　하지만 진자강은 기침 소리 한 번 내지 않고 있었다.

　무사들이 진자강을 찾지 못해 당황해하며 헤매는 동안
호각 소리가 울렸다.

　무사들은 다시금 이동을 시작했다.

　질릴 정도로 뭉게뭉게 피어오르는 연기 사이로 적들이
이동하는 모습이 보였다. 몇 명이나 죽었는데도, 사방이 불
길이 휩싸여 있는데도 무사들의 움직임은 질서 정연했다.

　위에서 보니 진형의 변화가 실로 신묘했다.

　몇 명씩의 덩어리가 각기 따로따로 정교하게 움직이는데
도 딱딱 맞물리며 진이 만들어지고 있었다.

　'경문 안에 사문이 있고, 사문 안에 생문이 있다…….'

　방금 진자강은 진의 안에서 굉장한 압박을 느꼈었다. 모
든 무사들의 주의가 방금의 자리를 향하고 있었다. 그러나

이동을 시작한 순간 진자강이 서 있는 자리는 텅 비어서 안전한 곳이 되었다.

'이것이 생문을 의미하는 것인가?'

비록 그 말뜻을 알았다고 해도 아직 그걸 이용해서 진을 파훼할 수 있는 수준은 되지 못한다. 생문에서부터 다시 진을 벗어날 수 있는 길을 찾아야 하는데 그저 잠시 쉴 수 있는 여유만이 생겼을 뿐이다.

어쨌든 지금이 기회였다.

부분적인 변화를 본다고 진형을 이해할 수 있는 건 아니지만, 하나는 확실했다.

저들이 진자강을 놓쳤다는 것.

저 진법은 진자강의 위치를 기반으로 진이 움직이는 식이다. 진자강이 행동을 하면 거기에 맞춰 진이 변한다.

그러나 진자강을 놓쳤기 때문에 구심점이 없이 그저 변하기만 하고 있었다. 충분히 파고들 여지가 생겼다.

진자강은 소매를 걷고 단도와 침을 꺼내 들었다.

이제 저들도 알게 될 것이다. 진자강이 직접 살을 맞대고 싸울 필요가 없는 무기를 쓴다는 것이 자신들에게 얼마나 부담으로 작용하게 될지.

진자강은 차나무를 내려왔다. 전신이 그을리고 데어서 물집이 잡히고 피부가 까져 있었다.

진자강은 대나무 통을 꺼내 나뭇가지 사이에 끼워 뒀다.

그리고…….

차나무 밭으로 들어오는 입구 쪽의 방향을 쳐다보았다.

연기 때문에 아무것도 보이지 않지만 호각 소리가 가장 많이 들려오는 곳.

거기에서 호각이 먼저 울리면 사방에서 상응하듯 호각을 울린다.

아마도 그곳에 이 진을 움직이는 책임자가 있을 터였다.

*　　　*　　　*

"악!"

목행부의 무사는 전방에 정신을 집중해 걷다가 발밑에서 느껴지는 불쾌한 이물감에 비명을 질렀다. 허리를 굽히고 다니다가 갑자기 발바닥에 충격을 받아서 바닥을 데굴데굴 굴렀다.

발바닥에 긴 침이 박혀 있었다.

"이, 이게 뭐야……."

얼마나 지독한 침인지 신발 밑창을 뚫고 발바닥에 깊숙하게 박혔다. 침을 뽑아내자 피가 줄줄 흘렀다.

무사는 인상을 쓰고 절뚝거리면서 일어났다.

다음 신호가 있을 때까지 진군하다가 아군을 두 번 만나 확인 절차를 거쳐야 했다. 그러지 않으면 사망자 처리되어 진에서 배제될 것이다.

"노, 놈이……!"

하지만 갑자기 숨이 가빠졌다.

"흐윽…… 흐윽…… 흡."

가뜩이나 매캐한 연기와 뜨거운 열기 때문에 호흡하기 곤란한 지경이었다. 그는 몇 걸음을 걷지도 못하고 입에 거 품을 문 채 그대로 고꾸라졌다.

부르르르.

토행부의 무사가 허리를 굽힌 채 걷고 있었다.

사방에 타오르는 불이 너무 뜨거워서 전신에 땀이 줄줄 흘렀다.

그때에 동료의 비명 소리가 멀리서 들려왔다. 누군가 죽어 가는 건 섬뜩한 일이지만, 자기가 아니라는 것은 언제나 다행 스러운 노릇이다. 그것도 생각보다 멀리에서 벌어진 일이라 자기는 다소 안전하다는 생각에 잠시나마 안도가 되었다.

"후욱후욱."

무사는 소매로 땀을 닦았다. 얼굴이 벌겋게 익어서 땀을 닦는데도 쓰라려 죽을 지경이었다. 소금기가 배어서 얼굴에서 껄끔거린다.

'제기랄! 언제까지 이러고 있어야 되는 거야!'

누군가 죽었으니 다시 진이 변화될 것이다. 쉴 새 없이 생문과 사문이 바뀌는 건 당하는 자 입장에서도 곤란한 일이겠지만, 끊임없이 움직이며 그 진을 유지해야 하는 무사들에게도 쉬운 일은 아니다.

투둑.

갑자기 그의 머리 위로 불붙은 가지가 떨어졌다.

"으헉!"

무사가 기겁해서 칼을 놓고 머리를 마구 털었다.

연기 때문에 잘 보이지 않는 위치에서 동료들이 물어 왔다.

"뭐야? 괜찮은 거야?"

"괜찮아! 쿨럭쿨럭."

무사는 신경질적으로 대답을 하고 칼을 주워 들었다. 주워 들려 했다.

막 허리를 굽힌 그의 등 위를 누군가 덮쳤다. 무사의 등 위에 올라탄 누군가의 손이 무사의 입을 덮었다.

'으읍!'

무사는 뒤로 손을 뻗어 등에 매달린 자의 머리를 잡았다. 다른 손으로는 상대의 눈을 후벼 파기 위해 손을 마구 휘저었다.

하지만 상대가 먼저 무사의 손가락을 물었다. 손가락이 잘려 나가는 듯한 통증이 있었다.

이어 목이 서늘해지는 것을 깨닫자 무사는 뒤로 누워 버렸다. 등에 매달린 상대가 바닥에 깔렸다. 등을 마구 바닥에 비비는데도 상대는 찰거머리처럼 붙어서 떨어지질 않았다.

'으읍! 읍!'

발버둥을 치는 동안 무사의 목에서 작열감이 일었다. 뜨거운 것이 목에서 줄줄 흘러나오며 힘이 빠지기 시작했다.

몸은 자신의 의지와 달리 경련을 일으켰다.

푸득, 푸득.

그제야 무사의 입에서 상대의 손이 떨어졌다. 무사는 죽기 직전 온 힘을 다해 소리를 내려 했으나, 그의 입에서는 바람 빠진 소리만이 흘러나오고 말았다.

화행부 무사는 오리걸음으로 주변을 둘러보며 전진하고 있었다.

삑삐익!

누군가의 외침과 함께 기주인 이림의 호각 소리가 들려왔다. 화행부 무사는 우측 직각으로 걸음을 틀어서 움직였다. 이 신호는 진을 직각 우측으로 변경하라는 뜻이다.

표적이 가만히 있더라도 표적을 둘러싼 진이 스스로 움직임으로써 표적이 전혀 다른 문에 들어서게 만드는 것이다.

한데 진의 방향이 바뀌면서 만났어야 할 아군을 아직 만나지 못했다.

일개 무사이기 때문에 진의 상황에 대해 자세한 건 알 수 없지만 뭔가 잘못되었다는 건 알았다.

화행부 무사가 소리를 지르려 했다. 그러나 연기 속에서 누군가 전혀 엉뚱한 방향으로 스쳐 가는 게 보였다. 아군이 아니면 표적이다.

화행부 무사는 황급히 뒤를 따라가 확인했다. 차나무에 손을 대고 기둥에 숨어 보려는데, 차나무를 짚은 손바닥이 따끔했다.

나무줄기에 작은 침이 박혀 있어서 거기에 찔린 것이다. 자세히 보지 않으면 잘 보이지도 않는 가늘고 짧은 침이었다. 이건 분명히 사갈독왕이 한 짓임에 틀림없다.

"여…… 여기!"

무사는 소리를 지르고 사갈독왕의 위치를 알린 후, 얼마 지나지 않아 비틀거리다 쓰러졌다.

* * *

이림의 표정이 굳었다.

이상하다.

어딘가에 구멍이 났다.

도저히 있지 않아야 할 곳에서 무사들이 죽고 있었다. 어쩔 땐 거의 동시에 죽는다.

사갈독왕이 한 명이 아니라 둘 셋은 되는 것처럼 죽은 이들은 사방에서 튀어나온다.

'이게 도대체······.'

두문에서 사갈독왕이 발견되어 그쪽에 중심을 두고 진을 운용하려 하면 갑자기 휴문에서 사상자가 나온다. 휴문인가 싶으면 다시 상문 쪽에서.

종잡을 수가 없이 동에 번쩍 서에 번쩍 움직이고 있는 것이다.

사문에서 한 번 종적을 놓친 후부터 진법의 연결이 미묘하게 어긋나는 듯한 느낌이 들었다.

톱니가 정확히 맞물리지 않고 덜그럭거리면서 불쾌한 느낌을 주는 기분이다. 바로바로 사갈독왕을 뒤쫓지 못하고 계속 뒤늦게 따라가기만 한다.

"으음."

점점 심해지는 불길과 연기 탓에 무사들이 제대로 지휘를 따라가지 못하는 것일까?

이림은 진의 간격을 최대한 조이기로 했다. 포위망의 범위가 줄어든다면 변화는 둔해지지만 벽은 두꺼워진다.

어차피 불이 너무 거세지고 있어서 더 이상 무사들도 버틸 수 없다. 길어야 일, 이각.

"다 죽어도 네놈은 절대 빠져나가지 못한다!"

하지만 그 순간에도 사갈독왕의 위치를 전하는 고함 소리와 비명 소리가 사방에서 울려오고 있었다.

기분 탓인지, 몇몇의 비명은 자신을 향해 다가오는 듯 느껴졌다.

* * *

진자강은 어느 순간 무사들의 뒷모습을 보는 일이 잦아졌다는 걸 깨달았다. 전면이 아니라 뒷모습을 본다는 것은 배후를 잡았다는 뜻이다.

'진을 벗어났다?'

아니, 진을 완전히 벗어난 건 아닐 테지만 적어도 진의 흐름에서 비껴 난 건 확실했다.

곳곳에 독침을 심어 두고 이동한 것이 주효했다. 적들이 진자강의 움직임을 제대로 쫓지 못했다. 어느새 진자강은 포위망의 가장 외곽에 근접해 있었다.

한 번만 저들의 시선을 다른 곳에 쏠리게 할 수 있으면,

그래서 진의 변화를 잠깐만이라도 멈추게 할 수 있으면 차나무 밭의 진입로까지 달려갈 수 있을 터였다.

그리고 이 진을 지휘하는 자를 죽이면 진법은 무용지물이 된다!

진자강은 바닥에 최대한 납작하게 엎드려서 기다렸다.

이동하는 도중, 곳곳에 불타는 차나무의 가지 사이에 대나무 통을 끼워 두었다. 불이 붙으면 폭발하면서 저들의 이목이 쏠릴 것이다.

곧!

뻐― 엉!

강렬한 폭발음과 함께 멀리에서 대나무 통 하나가 폭발했다. 폭발하면서 퍼진 암기에 누군가가 맞았는지 비명을 질렀다.

"으아아악!"

펑!

시기적절하게도 연이어 또 하나가 터졌다. 아니, 애초에 거의 동시에 터지도록 불붙은 가지에 끼워 둘 때 거리를 조절해 뒀다.

대나무 통이 사방에서 폭발하고 암기가 날아다니자, 무사들이 동요했다.

그것은 이림도 마찬가지였다. 이림은 그제야 진자강이

암기나 함정을 설치해 두면서 돌아다닌 탓에 자취를 제대로 쫓지 못했다는 걸 깨달았다.

이림은 정신이 퍼뜩 들었다.

'놈이 진의 영향이 집중된 지역에서 벗어났다. 진을 재구성해야 돼!'

이림이 정신없이 기를 휘둘렀다.

"모두 동요하지 말고 넓게 퍼져라—!"

큰 소동이 있었지만 이제껏 죽은 무사는 스물도 되지 않는다. 아직은 충분히 진법 안에 가둘 수 있었다.

하나 연속적으로 소동이 난 데에다 폭발 때문에 불이 훨씬 크게 번져 무사들의 동요가 금세 가라앉지 않았다. 훈련받은 무사들이지만 일시적이나마 진의 변화가 완전히 중지되고 멈춰 섰다.

그 순간 진자강이 불길 속에서 뛰쳐나왔다.

전신이 시커멓게 그을려 있어서 이림은 잠깐 동안 그게 아군인지 적인지조차 분간할 수가 없었다.

그러다가 진자강의 눈에 살기가 서려 번들거리는 걸 보고 소스라치게 놀라 외쳤다.

"앗!"

기주를 지키는 호위 무사 둘이 이림의 앞을 가로막았다.

진자강은 이미 내공을 끌어 올려 내공을 폭발하기 직전

까지 회전시키던 중이었다.

진자강이 오른손을 뻗었다. 호위 무사는 뭔가가 있을 거라 생각하고 검을 전면으로 내세워 마구 휘둘렀다.

먹으로 칠한 침은 불길과 시커먼 연기에 잘 보이지 않았다. 호위 무사가 하나는 쳐 냈으나 다른 하나는 고스란히 복부에 맞고 말았다.

침을 복부에 맞았다고 바로 쓰러진 것은 아니었다. 무사가 이를 악물고 진자강을 향해 검을 내려쳤다. 진자강은 바닥을 굴러 검을 피하고 무사의 다리를 걸어 넘어뜨렸다.

옆에 있는 무사는 자기 동료와 진자강이 엉켜 있어서 섣불리 칼질을 할 수가 없었다. 그사이 진자강이 남은 내공을 끌어모아 옆에 있는 무사에게 분수전탄을 쏘았다.

퍽!

옆에 있던 무사는 창졸간 눈에 독지를 얻어맞았다.

"으아아악!"

진자강과 엉켜있던 무사는 진자강을 칼자루 밑으로 마구 내려찍었다. 진자강은 얻어맞으면서도 무사의 목에 봉침을 찔러 넣었다.

"끅!"

이미 두 번이나 독을 적중시켰기 때문에 더 싸울 필요가 없었다. 진자강은 몸을 굴려서 무사에게 떨어졌다. 무사는 진자강을 향해 다가오려 했으나 입에 거품을 물고 몸을 떨기 시작했다. 눈에 독지를 맞은 무사도 얼굴을 손으로 감싸 쥐고 바닥을 구르고 있었다.

진자강이 잠시 숨을 헐떡거리며 멈춰 선 것은 내공을 쓴 부작용.

"헉…… 헉헉……."

다행히 진땀과 고통으로 일그러진 표정은 그을음에 가려져 감춰졌다.

진자강은 야수처럼 몸을 웅크린 채 이림을 노려보았다.

이림은 겁을 먹고 뒷걸음질을 치다가 엉덩방아를 찧었다. 진자강은 길게 심호흡을 하고 이림을 향해 다가섰다.

손에는 긴 장침을 뽑아 들었다. 꺼먼 장침을 본 이림이 공포로 얼어붙었다. 침에 찔린다고 죽는 게 아니라 침에 묻은 독 때문에 죽게 될 걸 알아서다.

그때.

펙!

이림에게 다가가던 진자강이 요란한 소리와 함께 나가떨어졌다.

건장한 체격의 청년이 기척도 없이 나타나 진자강에게

발길질을 한 것이다.

청년이 들어 올린 발을 천천히 내리더니 왼손으로 자신의 옷섶을 젖힌 후, 오른손에 든 작은 은장도로 자신의 왼쪽 가슴을 그었다.

한 마디 정도의 베인 상처가 생기면서 빨간 피가 주룩 흘러내렸다.

진자강은 몇 번이나 바닥을 구르다가 몸을 일으켰다.

청년은 진자강에게 달려가 공격을 하지도 않고 가만히 서서 진자강을 쳐다볼 뿐이었다.

진자강은 반쯤 무릎을 꿇고 금방이라도 튀어 오를 것 같은 자세로 청년을 쳐다보았다.

청년이 입을 뗐다.

"아프냐?"

갈라지고 쉰 목소리. 메말라서 깔깔하기까지 한 목소리였다.

진자강은 대답하지 않았다. 아니, 대답하지 못했다.

본능적으로 청년에게서 느껴지는 커다란 압박이 진자강의 폐를 짓누르고 있었다.

"이, 이보시오?"

청년의 등 뒤에서 주저앉아 있던 이림이 청년을 불렀다.

청년이 고개를 돌려 이림을 내려다보았다. 청년의 표정

은 매우 무심했다.

그러나 그 눈 안에는 한없는 분노가 가득했다. 건드리기만 해도 벼락이 떨어질 것처럼 폭발하기 일보 직전의 분노였다.

이림은 마른침을 삼켰다.

청년이 누군지 알아보았다.

청년은 이림이 아무 말도 없자 천천히 고개를 돌려 진자강에게 다시 시선을 옮겼다.

진자강은 그 틈에 뛰어 일어나 차나무 밭의 울타리를 넘었다.

완전히 진에서 벗어나 달아나 버린 것이다.

하지만 이림은 아무 말도 할 수가 없었고, 청년은 진자강이 어디로 달아나든 상관없다는 듯 서서히 진자강이 달아난 쪽으로 걸음을 옮겼다.

청년이 진자강의 뒤를 쫓고 있다는 것은 명확했다.

한동안 멍해 있던 이림은 기를 흔들어 무사들을 불러 모았다. 어차피 차나무 밭은 화염에 휩싸였고 진자강은 달아났다.

더 이상 자신들이 여기를 지키고 있을 이유가 없어졌다.

"마을 입구까지…… 물러난다."

곧 무사들이 큰 소리로 외치면서 차나무 밭에서 나왔다.

"퇴진(退陣)! 퇴진!"

*   *   *

강서성, 무림총연맹 본산.

수많은 전각들로 둘러싸인 심처.

푸근한 햇살이 내려다보이는 소박한 방 안.

비뚤어진 도관을 쓰고 거의 조는 것처럼 앉아 있는데, 입은 히죽대고 웃고 있는 노인이 있었다.

쭈글쭈글한 얼굴, 하얀 눈썹이 눈을 가리고 귀까지 자라 있으며 둥그런 코는 주정뱅이의 것 같고 정좌로 앉아 있는 자세는 구부정하니 왜소하기 그지없었다.

노인은 질그릇만 한 작은 절구를 앞에 두고 절굿공이로 약초를 갈고 있었다. 그러나 그 속도는 매우 느리기 짝이 없었다. 누군가 대신해 줘도 숨 한 번 크게 내쉴 정도면 다할 수 있을 것 같은데, 마냥 느긋하게 절굿공이로 약초를 짓이긴다.

드르륵, 들들들.

그 앞에는 역시 정좌를 한 채였으나 옷매무새는 물론 등을 곧게 세우고 있는 자세마저 한 치의 흐트러짐도 없는 백리중이 있었다.

노인의 행동이 답답했는지 아니면 그냥 궁금해서였는지, 백리중이 물었다.

"뭘 하십니까?"

노인이 헤벌쭉 웃었다.

"으응. 소일거리. 나 같은 노인이 뭐 할 게 있겠나. 그냥 시간이나 때우면서 죽을 날만 기다리느니 손이라도 꼼지락거리는 게야."

"뭘 만드시게요."

어조는 무뚝뚝하고 공손하지 않았으나 말투는 공손했다. 백리중의 평소 모습을 생각하면 대단한 일이었다.

노인이 아무렇지도 않게 대답했다.

"응. 자소단(紫霄丹)."

천하에서 소림사의 대환단 다음으로 절세의 영약이라 불리는 무당파의 자소단! 그 자소단을 만들고 있다고 아무렇지 않게 말하는 노인이었다!

하나 백리중은 그리 놀라지 않는 투로 되물었다.

"자소단을 남들 다 보는데 그렇게 만들어도 됩니까?"

"자소단이 뭐 대단하다고. 그냥 대충 조물조물해서 만드는 거야."

물론 그렇게 대충 만들어지지 않는다는 건 백리중도 다 안다. 노인, 해월 진인이니까 그렇게 말할 수 있는 것이다.

무당파의 해월 진인.

무림총연맹의 맹주이며 무림의 최고 존장으로 꼽히는 고수.

그 해월 진인이 물었다.

"제갈가 애들을 한 달이나 죽치게 했다면서?"

"그렇습니다."

"근데 왜 사파 애들은 사갈이라는 애송이를 구하러 오지 않았을까."

"함정이라는 걸 안 모양입니다."

"왜 함정이라는 걸 알았을까?"

"정보가 샌 것 같습니다."

해월 진인이 절구를 놓더니 옆에 놓인 돌을 들어 보였다. 돌의 표면은 오랜 세월 풍화로 인해 자연스럽게 산수화 무늬가 생성되어 있었다.

"이게 무엇인가."

"수석 아닙니까. 지난번에 매우 값비싼 선물이 들어왔다면서 자랑하셨던 걸로 기억합니다."

해월 진인이 수석을 백리중의 앞에 내려놓았다.

툭.

그 순간 돌이 네 조각으로 갈라지면서 엎어졌다.

쩌억!

"이게 무엇인가?"

"그냥 돌이군요."

"응, 돌이야. 겉껍데기 때문에 속을 순 있어도 본질은 돌일세."

해월 진인이 히죽 웃으면서 말했다.

"미끼고 뭐고 아무것도 아닌 돌멩이 같은 놈을 수석이라고 속여서 애들을 꼶리면 안 되지."

백리중의 입가에도 미미한 미소가 떠올랐다.

해월 진인이 모를 거라고 생각하진 않았다. 그의 통찰력은 이미 백리중의 속셈을 어느 정도 짐작하고 있었던 것이다.

"별것도 아닌 독쟁이를 무슨 사파의 전인이네, 고수네 하면서 왕창 부풀려 가지고 괜히 들뜨게…… 사람이 그럼 못 써. 그러니까 사파 애들이 낚시에 안 걸려들지."

백리중은 날카롭게 깨진 돌을 들었다. 그러곤 손바닥으로 돌을 쓰다듬었다.

드드득, 으드득.

돌이 갈려 나가기 시작했다. 백리중은 거기에 손가락으로 선을 그었다.

서걱, 서걱.

백리중이 그 돌을 다시 놓았을 때, 돌에는 마치 원래부터 그랬던 것처럼 난이 피어 있었다. 일부러 돌을 깎고 쪼아서 그렇게 만들었다고는 전혀 보기 어려울 정도로 정교한 그림이었다.

"이제 다시 수석입니다."

"어허이. 난을 잘 치긴 했다만 이게 어디가 수석이야?"

백리중이 나지막이 말했다.

"밖에 누구 없느냐."

"여기 있습니다."

"아무나 한 명 불러오너라."

밖에 대기하고 있던 무사가 무림총연맹에 상주하고 있던 무인 한 명을 데려왔다.

무인은 언감생심 방에 들어올 생각도 못 하고 문밖에서 고개를 숙였다.

"청심조 대원 유문입니다!"

백리중은 자신이 난을 새긴 돌을 무인에게 건네주었다.

"내가 '만든' 수석이다. 가져가겠느냐?"

무인의 눈이 휘둥그레졌다.

"영광입니다! 가보로 간직하겠습니다!"

무인은 돌을 양손으로 받고 몇 번이나 절을 하고 물러났다.

백리중이 다시 말했다.

"수석입니다."

해월 진인이 썩은 표정으로 백리중을 쳐다보았다.

"진인께서 말씀하셨지요. 존재의 가치는 물건이 본래부터 가지고 있는 게 아니라 힘 있는 자가 부여하는 것이다."

백리중이 손에 낀 옥 반지를 빼내 들어 보였다.

"이까짓 것에 무슨 가치와 의미가 있겠느냐. 금은보화도 가치를 부여하기 전까지는 아무 쓸모없는 쇠붙이일 뿐이다. 그러니까 새로운 가치를 만들 수 있는 사람이 돼라, 그래야 천하를 얻을 수 있다. 제게 그리 말씀하셨습니다."

해월 진인은 피식하고 웃어 버렸다.

"청출어람이 머잖았구먼. 그래서……? 돌을 수석이라고 속여서 원하는 바는 얻었는감?"

"제 아래에 미꾸라지 한 마리가 있어서 이곳저곳에 끈을 대 놨더군요. 이번에 사파 쪽에 다리를 놓은 모양인데 추적하라 일러뒀더니 꼬리가 잡힌 모양입니다."

"수신제가치국평천하(修身齊家治國平天下)라. 남아는 큰일을 하려면 집안 단속부터 끝내야 해. 집안싸움이 오래 걸리면 남들 보기에도 좋지 않거든. 결과가 좋았으면 좋겠군."

"조만간 깨끗하게 정리할까 합니다."

"그래그래. 그리고…… 노파심에서 하는 말인데."

"경청하겠습니다."

"연민의 여지는 남겨 두게나. 너무 몰아붙이면 사람이

덕이 없어."

"어느 쪽을 말씀하시는 건지 모르겠군요."

"자네 처 말고 제갈가."

백리중의 눈에 아주 잠깐 서늘한 한기가 스쳐 갔다.

"제갈가 따위가 어찌 공을 얻게 둘 수 있겠습니까."

"뭐, 자네가 알아서 잘하겠지. 아, 근데……."

잠깐 기다리며 멍하게 있던 해월 진인이 말했다.

"자네 슬슬 가 봐야 할 것 같은데."

그 말이 끝나기가 무섭게 밖에서 백리중을 찾았다.

"죄송합니다. 검각주님께 급보가 와 있습니다."

백리중이 해월 진인에게 살짝 눈짓을 해 양해를 구하고 지급으로 온 서신을 받아 읽었다.

서신을 읽은 백리중의 얼굴이 무섭도록 일그러졌다. 평소에 크게 감정을 드러내지 않는 성격임을 생각할 때, 꽹장히 분노하고 있는 것이었다.

백리중은 굳은 얼굴이 되어 해월 진인에게 인사를 했다.

"가 봐야 할 것 같습니다."

"어여 가 봐."

백리중은 성큼 방을 나가 버렸다.

해월 진인은 사람을 불러 방을 치우게 한 후, 툇마루로 나와 밖을 쳐다보았다.

서신의 내용을 전혀 모를 텐데도 해월 진인은 왜 백리중이 그리 급하게 떠났는지 아는 얼굴이었다.

"꼬리를 잡을 땐, 대가리도 확인을 해야지. 미꾸라지는 진흙탕에다 대가리를 처박고 있으니까, 제대로 안 보면 그게 나를 물고 있는지 딴 놈을 물고 있는지 헷갈린다니까, 쯧."

*　　　*　　　*

백리중은 격노했다.

"멍청한 놈. 여자에 빠져서 정신을 못 차리고……!"

무림총연맹 귀주 지부에 있던 백리권이 사라졌다.

낮에 어디에선가 온 연락을 받더니 하루 종일 방에 틀어박혀 술을 마시며 나오지 않았다고 한다.

그러더니 그날 밤, 홀연히 귀주 지부를 나가 버렸다는 것이다.

백리권이 무슨 돌발 행동을 할지 몰라 분명히 명해 두었다. 자신이 돌아올 때까지 귀주 지부를 떠나지 말라고.

그런데 자리를 비우고 떠나?

백리중은 입을 꾹 다물고 무사의 보고를 들었다.

감시를 명해 둔 측근의 말에 의하면 백리권이 받은 서신의 내용은…….

채령산 남가촌

겨우 그 여섯 글자였다고 했다.

별다른 설명이 필요 없었다. 구구절절 사연이 쓰여 있는
것보다 그 짧은 지명이 훨씬 더 효과가 있다.

대놓고 제갈연을 죽인 자가 그곳에 있다든가 하는 얘기
를 썼다면 유인하는 듯한 냄새가 크게 풍겼을 터. 백리권이
라도 경계부터 하였을 것이다.

그러나 그 지명만이 달랑 써져 있는 서신은 백리권에게
온갖 상상과 망상의 여지를 주었음에 틀림없다.

아마도 그곳에 제갈연을 죽인 원수가 있을지 모른다. 있
는지 없는지 확인만 하고 오자, 라는 식으로 자기 합리화를
시키며 뛰쳐나갔을 가능성이 컸다.

하지만 백리권이 달려 나간 순간 더 이상 확인하는 수준
의 문제가 아니게 된다.

서신을 보낸 자는 분명히 의도가 있었을 것이고, 백리권
은 거기에 말려들게 되고 말았다.

백리중은 노해서 용암이 들끓는 듯 그륵거리는 소리를
냈다.

"서신의 출처는 어디냐."

급보를 알려 온 무사가 사색이 되어 대답했다.

"일전에 귀주 지부에서 나간 서신이 하나가 아니라 두 개였다고 합니다. 하나는 산동의 비선 쪽으로, 그리고 다른 하나는 나갔다가 추적이 불가능한 상태에서 귀주 지부로 다시 들어온 것으로 추측되온데……"

꿀꺽, 마른침을 삼키며 무사가 말을 이었다.

"그게 대제자께서 받으신 서신으로 생각되고 있습니다."

백리중이 무사를 노려보았다.

"바보 같은 것들이 정보가 오가는 경로도 제대로 파악하지 못하고."

"죄송합니다!"

으드드득.

백리중은 이를 갈았다.

원래 백리중이 덫을 놓았던 것은 다른 이를 잡기 위해서였다.

여의선랑.

백리중이 사갈독왕이라는 거창한 별호까지 붙여 가며 진가 아이에게 관심을 가지고 있다는 걸 알면 그녀는 반드시 나타날 것이었다.

너무 대담하게도 제갈연이 나타나기 직전 접촉하는 바람에 결국 실패하였고; 두 번째로는 제갈가를 보냈음에도 걸려들지 않았으나…….

그런데 뜻밖에도 이제 진가 아이가 아니라 자신의 대제 자가 미끼가 되게 생겼다.

하필이면 자신이 강서성에 와 있는 중에!

여의선랑은 이 기회를 그냥 두고 넘기지 않을 것이다.

자기가 백리권을 얼마나 아끼는지 아니까.

반대로 백리중은 백리권을 보호하기 위해서 지금 자신이 할 수 있는 모든 수단을 강구해야 했다.

"당장 귀주 지부에 연락해서 있는 대로 병력을 보내라 하라. 그리고 본가에서도 지원하라 전하고. 어서!"

무사는 지금 전서구를 날리더라도 귀주의 병력이 운남 남가촌에 제때에 도착할 수 없을 거라는 말을 차마 할 수 없었다. 시키는 대로 해야 할 뿐이다.

"존명!"

무사가 허겁지겁 달려간 뒤에도 백리중은 화를 억누르지 못했다.

어떤 작자가 백리권에게 그런 서신을 보냈는지 어렴풋이 짐작은 하고 있었다.

백리중은 살기를 줄기줄기 내뿜었다.

우득, 뿌드득.

이빨이 부서질 정도로 이를 갈았다.

"죽인다……."

그것이 누구를 향한 것인지는 두말할 필요도 없었다.

*   *   *

달그락, 달그락.

망료는 마차에 타고 귀주를 벗어나 어디론가 향하고 있었다.

"지금쯤 도착했으려나?"

흐뭇하게 웃음이 나왔다.

백리중은 제갈가가 가장 아끼는 것을 미끼로 제갈가를 참전시켰고, 망료가 가장 아끼는 것을 미끼로 써서 사파의 여의선랑을 끌어들이려 했다.

진자강은 망료가 가장 아끼고 가장 증오하고 동시에 가장 나중에 먹으려고 일부러 내버려 둔 소중한 먹잇감이었다. 이제는 어느샌가 거의 자신의 삶과 동일시될 정도인 그것을, 백리중은 그냥 쓰레기 내버리듯 함부로 소모시키려 했던 것이다.

그건 매우 기분 나쁘고 화가 나는 일이었다.

그래서 망료도 백리중이 가장 아끼는 것을 밖으로 끌어냈다.

"남의 걸 탐냈으면 자기 것도 내놓을 줄 알아야지?"

망료는 껄껄 웃었다.

사파에도 정보를 흘렸지만 그때에 함께 백리권에게도 서신을 보냈다.

백리중이 쉽게 서신의 출처를 파악하지 못하도록 일부러 여기저기 돌리고 돌려서.

덕분에 이제 백리중은 움직이지 않을 수 없을 터였다. 물론 그는 너무 늦게 알았을 것이고, 이번 일에 별로 도움은 안 될 게 분명하다.

대신 새로운 변수가 생기게 될 터였다. 그것이 진자강을 살릴 수 있는 기회가 된다.

어쩌면 이번 일로 말미암아 강호에 유혈 폭풍이 불어닥치게 될 수도 있을 터이나…….

어느 쪽으로든 망료에겐 상관없는 일이었다.

이미 그가 품었던 강호는 십 년 전에 자신의 다리와 함께 사라지고 없었으므로.

"날이 참 좋구나. 어느 놈이든 한 놈은 피눈물을 흘리기 딱 좋은 날이다."

껄껄껄!

망료는 크게 웃으며 술이 담긴 표주박을 들어 벌컥벌컥 들이켰다.

마차의 앞쪽 멀리에서 시커먼 연기가 피어오르는 모습이
보였다.

*   *   *

진자강은 일단 자리를 피해야겠다고 생각했다.

그를 마주친 순간 등골이 오싹했다.

근래 들어 이 정도의 압박감을 받은 것은 실로 오랜만이
었다.

아까 상대한 적율은 무공이 고강했으나 이길 수 없다는
생각이 들진 않았었다. 하나 저자는 달랐다.

모든 것을 잃어버린 듯한 공허한 표정, 그 안에 담겨진
분노와 살기.

그것은 마치…… 오래전의 자신과 같았다!

다른 고수들은 진자강을 매우 하찮게 여겼다. 진자강의
목숨과 자신의 손가락 하나 바꾸는 것도 아깝게 생각했다.
하물며 자신의 목숨을 건다는 건 염두에 두지도 않고 행동
했다. 그래서 진자강은 그 틈을 파고들어 상대를 공략할 수
있었다.

하지만 저자는 자신의 모든 것을 바쳐서라도, 자신의 몸
일부 혹은 목숨을 잃는 것조차도 개의치 않고 진자강을 죽

이려 하고 있었다.

그래서 진자강은 순간적으로 전의를 잃었다.

그대로 상대하면 절대로 이길 수 없다는 걸 알아서였다.

자신이 할 수 있는 모든 걸 동원해도…… 극한까지 자신을 몰아붙여도 이번엔 살아남을 수 있다는 보장이 없는 상대였다.

진자강은 차나무 밭을 튀어나와 불타는 헛간으로 도피했다.

그러곤 아직 불이 붙지 않은 짚더미에 불을 옮겨 붙여서 더 불을 거세게 일으켰다. 불이 진자강을 가려 주리라 생각하며 그 뒤에 몸을 숨겼다.

곧 그 청년이 보였다.

엄청난 살기를 품고 있지만 터덜거리며 걷는 것은 영락없는 주정뱅이의 그것.

얼굴은 매우 수척해져 있었으며 엄청난 폭음을 한 탓에 아직 술이 덜 깨어 술 냄새를 풀풀 풍겼다.

진자강은 한 모금의 호흡을 받아들여 내공을 일으켰다.

부르르.

몸이 떨렸다.

이미 좀 전에 한 번 사용했던 터라 온몸의 근육들이 고통으로 비명을 질러 댔다.

진자강은 고통을 참으며 양손에 장침과 봉침을 꺼내 들고 호흡을 조절했다.

목표가 암기술의 사거리에 들어온 순간, 비선십이지의 수법으로 침 네 자루를 연속으로 던졌다.

그러나 순간 그의 모습이 사라졌다.

휘익!

목표를 잃은 독침은 전부 빗나갔다. 청년은 어느새 공중에 떠올라 있었다. 무려 대여섯 장은 되는 거리를 단숨에 뛰어올라 진자강의 머리 위까지 날아온 것이다!

그러더니 다리에 추를 매단 것처럼 급속도로 뚝 떨어졌다.

진자강은 급히 몸을 굴려 자리에서 벗어났다.

콰— 앙!

마치 위에서 바위가 떨어진 것처럼 엄청난 충격과 진동이 있었다. 불붙은 짚단이 폭발한 것처럼 사방으로 흩어졌다.

청년이 선 자리는 땅이 움푹 파이고 불붙은 짚단들은 원형으로 퍼진 채 불티를 튀며 타들어 가고 있었다.

"내 이름은 백리권이다."

술 때문에 다소 어눌한 듯한 발음으로 청년, 백리권이 말했다.

진자강은 그 이름을 알아들었다.

신융이 말했다. 제갈연과 백리중의 대제자 백리권은 서

로 연모하는 사이라고.

그 백리권이 여기 나타난 것이다.

진자강의 눈빛이 흔들리자 백리권은 고개를 끄덕였다.

"역시 나를 아는군. 내가 사람을 잘못 본 게 아니라서 다행……."

뒷말은 진자강이 나가떨어진 뒤에 들렸다.

펑!

진자강은 보지도 못했는데 뺨에 뭔가가 날아와 부딪친 걸 느끼고, 그 직후에 풍경들이 빙글빙글 도는 걸 깨달았다.

쿠당탕탕!

진자강은 몇 바퀴나 굴렀다. 뺨이 얼얼하고 눈에는 별이 보였다.

"……이야."

백리권이 진자강의 얼굴을 걷어찼던 다리를 내리고 있었다.

그러더니 다시 왼쪽 가슴에 하나의 검흔(劍痕)을 새겼다.

진자강은 어질거리는 와중에도 정신을 차리고 그 장면을 보았다.

아까부터 백리권은 왜 멀쩡한 가슴에 자꾸 칼질을 하고 있는 것이지?

이번엔 진자강이 물었다.

"왜 그런 짓을 합니까?"

백리권은 무표정하게, 하지만 분노가 담긴 어조로 대답했다.

"연 매는…… 이것보다 훨씬 더 아팠을 테니."

그 말을 들은 진자강은 몸을 일으켰다.

"으아아아!"

갑자기 진자강이 미친 것처럼 백리권에게 달려들었다. 그래 봐야 발을 절고 내공도 쓰지 않았기 때문에 대단한 속도는 아니었다.

진자강은 단도를 뽑아 백리권의 배를 그었다. 하지만 너무도 부질없이 백리권에게 가로막혔다. 백리권의 왼손에 오른손이 붙들렸다. 진자강은 백리권의 오금을 걸었다.

탁! 탁!

하지만 백리권의 다리는 쇠몽둥이처럼 단단했다. 꿈쩍도 않았다. 백리권은 몸을 틀면서 자세를 낮춰 자신의 옆구리로 진자강의 허리를 밀어 올렸다.

부웅! 진자강은 허공을 한 바퀴 돌아 그대로 바닥에 대자로 내리꽂혔다.

쾅!

"커윽!"

손을 잡혀 있어서 낙법을 칠 수도 없이 충격이 고스란히 왔다.

백리권은 그대로 진자강의 옆구리를 찼다. 진자강은 몇 바퀴나 바닥을 굴렀다. 숨이 콱 막혀서 숨을 쉬지도 못하고 컥컥댔다.

백리권은 다시 자신의 왼쪽 가슴에 칼자국을 새겼다. 가슴의 상처에서 피가 실처럼 흘러내려 옷을 적시고 있었다.

진자강은 헉헉대며 숨을 몰아쉬다가 겨우 몸을 세웠다.

백리권이 물었다.

"할 수 있는 건 겨우 이것뿐인가?"

진자강은 입에서 흐르는 침과 피를 닦으며 백리권을 똑바로 쳐다보았다.

"내가 당신의 정인을 해쳤다고 생각하는 겁니까?"

그 말에 백리권의 눈이 불이 켜진 듯 커졌다.

"입을 함부로 놀리지 말라. 다시 그 더러운 입에 연 매를 담는다면 혀부터 뽑겠다."

"자초지종을 알고 싶은 게 아니라 나를 죽이러 온 겁니까?"

"그렇다."

"그럼 내가 굳이 당신을 설득할 필요는 없겠군요."

백리권의 입가가 씰룩거렸다.

"감히……."

그러나 진자강은 백리권의 눈빛에도 기가 죽지 않았다.

방금 진 백리권의 유일한 약점을 찾아냈다.

진자강은 갑자기 몸을 돌려 달아났다.

백리권이 살기 어린 조소를 지었다.

"약삭빠르긴…… 어디 할 수 있는 건 다 해 보아라."

하지만 진자강은 달아나는 게 아니라 이기기 위한 자리를 찾아가는 것이었다.

뺨이 화끈거리고 입 안이 터졌다. 갈비뼈도 금이 갔는지 욱씬거렸다. 하지만 별다른 부상은 입지 않았다.

하여 조금 전 일부러 덤벼들어 보았다.

그리고 확신했다.

저자는 자기를 때릴 때 내공을 쓰지 않고 있다!

오만함이든, 복수를 즐기고 싶기 때문이었든 그건 확실했다. 그냥 육체적인 힘만으로 가격하여 진자강에게 고통을 주고 있었다.

그것이 백리권의 약점.

지금의 진자강이 살 수 있는 유일한 탈출구가 거기에 달려 있었다.

第七章

호아(虎牙)

　백리권은 불타는 마을을 집안 정원 거닐듯 걷고 있었다.
그러나 진자강을 찾는 매서운 눈빛은 누그러들지 않았다.

　화르르륵!

　옆에서 불타고 있던 집 한 채가 무너져 백리권에게 쏟아
졌다. 백리권은 신경도 안 쓰고 걷 다가 잠깐 멈춰 섰다.

　쿠웅…….

　불타는 대들보와 판자들이 절묘하게 백리권의 앞뒤로 떨
어졌다. 백리권은 잔해들을 넘어 다시 걸음을 옮겼다.

　그 순간 불길 속에서 암기 두 개가 백리권의 뒤통수로 날
아왔다. 백리권은 몸을 반쯤 돌린 채 왼손을 뻗었다. 손바

닥으로 암기를 막으려는 듯한 자세였다.

암기가 포물선을 그리며 휘었다. 백리권이 내민 손가락 사이를 빠져나갔다.

백리권은 주먹을 쥐며 손을 잡아챘다.

후두둑.

독침이 손가락 사이에 끼어 있다가 떨어졌다.

동시에 불 속에서 불덩어리가 튀어나왔다. 진자강이었다. 진자강은 몸에 불이 붙은 채로 백리권에게 달려들었다.

진자강이 왼손을 뻗어 백리권의 시야를 손바닥으로 가렸다. 그러곤 장침을 오른손에 끼워 백리권의 배를 찔렀다.

탁!

분명히 백리권은 움직이지 않았는데 침이 뭔가에 걸렸다.

백리권이 은장도의 좁은 손잡이 끝으로 침을 막아 내고 있었던 것이다. 진자강은 포기하지 않고 계속해서 침을 찔렀다.

타타탁! 탁 탁!

백리권은 신기에 들린 듯 그 좁은 끝으로 자신의 배와 가슴을 찔러 오는 침 끝을 계속해서 막아 냈다.

진자강은 침 끝의 방향을 틀었다. 백리권이 손 모양만 보고 막으려 하면 은장도의 손잡이가 아니라 쥐고 있는 손가락이 찔릴 것이다.

하지만 이번엔 소리도 나지 않고 걸렸다. 백리권은 은장도의 손잡이와 자기 손가락 사이에 침을 끼워 넣고 누르고 있었다. 진자강이 아무리 용을 써도 밀리지 않았다. 백리권이 고작 손가락 하나로 누르고 있을 뿐인데도.

진자강은 침을 놓고 몸으로 백리권을 공격했다. 어깨와 등으로 힘껏 백리권의 가슴을 들이받았다.

좁은 갱도에서 망치질을 하고 돌을 나르며 팔 년을 보낸 진자강이다. 내공을 쓰지 않아도 어지간한 성인보다 힘이 셌다. 온 힘을 다해 밀면 중심을 잃거나 밀려 넘어질 수밖에 없다.

퍽!

하지만 튕긴 쪽은 진자강이었다. 커다란 바위를 들이받은 것처럼 어깨가 뻐근했다.

진자강은 백리권이 반격할 거라 생각하고 뒤로 물러섰다. 하나 백리권은 그 자리에서 진자강을 바라만 보고 있을 따름이었다.

묵직한 저음의 목소리로 백리권이 말했다.

"뭐하는 거냐? 나는 한 걸음도 움직이지 않았다."

진자강은 손끝으로 백리권의 목을 찔렀다. 백리권은 손등으로 가볍게 진자강의 손을 밀어서 흘려 버렸다. 진자강이 빗나간 손을 당겨서 백리권의 팔을 붙들었다. 백리권은 자신의 몸에 손을 대는 걸 용납하지 못하겠다는 듯 팔꿈치를 쳐올렸다. 진자강의 팔이 튕겨져 올랐다.

진자강은 몸의 중심이 흔들린 김에 아예 허리를 틀어서 무릎으로 백리권의 고환을 올려 찼다. 백리권은 자신의 무릎을 들어서 진자강의 무릎을 가로막았다.

"수치도 모르는 작자 같으니."

적개심과 경멸까지 담긴 어조였다.

하나 진자강은 개의치 않았다. 힘껏 허리를 당겨서 백리권의 턱에 박치기를 했다.

툭.

백리권이 검지와 중지를 붙인 검결지로 진자강의 이마를 누르며 박치기를 가로막았다. 손가락 두 개가 닿았을 뿐인데 진자강의 머리는 전진할 수가 없었다.

진자강이 오른손으로 백리권의 옆구리를 찌르려 하자, 백리권이 이번에도 검결지로 진자강의 팔목을 눌러 행동을 막았다. 손가락을 검이나 봉처럼 사용하고 있었다.

턱! 턱턱!

뭔가를 하려 할 때마다 백리권의 손가락이 계속해서 진자강의 움직임을 방해했다. 팔을 뻗으려 하면 팔뚝을 찍고, 허리를 틀려고 하면 허리의 장골을 눌러 허리를 돌리지 못하게 했다. 발로 차려 하면 어깨를 눌러서 다리가 들리지 않았다.

진자강이 아주 좁은 상자에 갇혀 있는 것처럼 느낄 정도였다.

터터틱. 틱!

진자강으로서는 아무것도 못 하고 서 있는 거나 마찬가지인 셈이었다. 뭔가를 해 보기도 전에 계속해서 동작이 봉쇄되고 있었다.

고작 손가락에!

백리권은 마치 진자강의 생각을 읽고 있는 것 같았다.

진자강이 몸을 뒤로 뺐다. 그러자 백리권이 발을 들었다.

진자강과의 거리는 세 걸음 정도.

그런데 백리권이 발을 내지르는 순간 진자강은 마치 백리권의 발이 길게 늘어난 듯한 착각을 느꼈다. 반사적으로 고개를 틀어서 피했는데 백리권의 발바닥이 그대로 따라와서 진자강의 광대뼈를 걷어찼다.

빠악!

콰당탕!

진자강은 여지없이 나가떨어졌다.

바닥을 구르면서 몸에 붙었던 불이 꺼질 정도였다.

백리권은 자신의 가슴에 하나의 칼자국을 더 새겼다.

그러더니 다가와서 진자강의 머리카락을 잡았다. 백리권이 힘주어 팔을 올리자 진자강은 공중에 들렸다. 진자강은 이를 악물고 백리권의 배를 발끝으로 찼다.

퍽! 퍽!

백리권은 표정을 살짝 찡그렸으나 그게 다였다. 오히려 진자강의 발가락이 부러질 것처럼 아팠다.

백리권의 턱에 힘줄이 생겼다.

"믿을 수가 없구나."

백리권은 진자강을 들어 올린 채 위아래를 훑었다.

진자강은 불이 붙은 채 뛰어나왔었기 때문에 옷이 반쯤 탔고, 머리카락이며 눈썹은 녹거나 눌어붙었다. 얼굴이며 팔에도 그을음과 화상에 물집까지…… 그야말로 엉망이었다. 심하게 화상을 입은 곳에서는 진물도 흘렀다.

백리권은 어이가 없는 표정이었다.

"이렇게까지 하는데…… 너는 내게 단 하나의 상처도 입히지 못했다. 그런데…… 이런 놈이 연 매를 살해했다고? 정말로?"

진자강은 이를 꽉 깨물고 백리권을 노려보았다. 백리권의 눈에서 불꽃이 튀었다.

백리권은 진자강을 바닥에 내리꽂았다.

"연 매의 죽음을 우습게 만들지 마라!"

쾅!

진자강은 머리부터 바닥에 꽂히며 몸이 경직됐다.

"크헉!"

백리권은 허리를 굽힌 채 다시 진자강의 머리를 땅에 처박았다.

"네깟 놈이 어떻게 연 매를 해쳐! 아직 숨겨 둔 수가 있으면 빨리 꺼내 봐라. 빨리 꺼내 보란 말이다!"

쾅! 쾅쾅쾅!

진자강의 머리를 계속 땅에 박으며 백리권이 절규했다.

"으아아아아아!"

쾅—!

진자강의 머리는 순식간에 피투성이가 됐다.

백리권은 진자강의 목을 발로 밟고 자신의 가슴을 마구 난자했다.

투툭, 툭.

이미 머리가 깨져 피투성이가 된 진자강의 얼굴로 백리권의 피가 튀었다.

"이 은장도는 연 매가 내게 준 것이다. 알겠느냐? 네가 죽인 그 여인…… 더 이상 세상에 없는 여인이 내게 준 물건이란 말이다!"

우둑, 우둑.

백리권이 발에 힘을 주기 시작하자 진자강의 목에서 불편한 소리가 났다.

"더 할 말이 없다면 이대로 네 목을 부러뜨려 주마. 부러진 목을 잘라 소금에 절여 귀주로 가겠다. 그리고 일 년 동안 연 매의 묘 앞에 걸어 둘 것이다. 너는 죽어도 곱게 눈을 감을 수 없고 멀쩡한 모습으로 저승에 갈 수도 없을 것이다."

진자강은 그 순간에도 포기하지 않았다. 창이자의 독기를 이 광충이나 끌어내 오른손 소택혈에 흘려보냈다.

진액에 녹아나는 독액의 양을 조절해 독의 농도를 조절했다. 창이자의 독기 이 광충을 단 한 방울의 진액에 담았다. 한꺼번에 이십 명을 중독시킬 수 있는 순수한 독기가 고도로 농축된 독액 한 방울이 되었다.

진자강은 독액을 봉침에 묻혀 백리권의 발에 꽂으려 했다.

그러나 고개를 들었을 때 본 백리권의 눈을 보고 생각을 달리했다.

백리권의 눈은 믿을 수 없게도 호랑이처럼 누런색을 띠고 있었다. 흰자위가 아니라 검은 눈동자 자체가 누런색을 보이는 것이다. 백리권은 그런 채로 눈물을 흘리고 있었다.

'초황모(炒黃眸)!'

볶은 약재가 누렇게 되는 것처럼 눈동자의 색이 변했을 때를 말한다. 병에 걸려 눈자위가 누렇게 되는 것과는 다르다.

이런 경우는 주색잡기(酒色雜技)가 과해 정기가 빨려 눈동자가 흐려진 것이거나……

혹은 극도의 살기에 잠식되어 광인이 되기 일보 직전이
거나.

물론 지금은 명백히 후자다.

하나 진자강은 백리권이 광인이 되는 것을 원하지 않았
다. 백리권은 이성을 잃는 순간 단 일 초 만에 진자강을 죽
이고 모든 상황을 끝내 버릴 테니까 말이다.

그래서 진자강은 백리권의 이성이 남아 있는 채로 상대
하는 것이 낫다고 판단했다.

진자강은 자신의 목을 짓누르고 있는 백리권의 발에 독
침을 꽂는 걸 포기했다. 어차피 제대로 찌를 가능성보다 실
패할 확률이 훨씬 더 컸다.

하여 진자강은…… 그냥 팔을 들어 올렸다. 독이 묻은
봉침을 대놓고 보여 주었다.

그 침을 백리권의 발에 꽂는다던가 하지도 않았다. 그저
침을 든 채로 가만히 있었다.

그러곤 목이 살짝 꺾인 채로 백리권을 올려다보았다.

백리권은 부릅뜬 눈으로 진자강을 보았다. 진자강의 행
동이 무슨 의도인가를 짐작하려 잠시 생각하는 듯했다.

떨리는 손으로 쥐고 있는 피 묻은 침 한 자루.

자신이 조금만 더 힘을 주면 이자는 목이 부러져 죽는다.
그런데도 눈빛은 전혀 시들지 않고 오히려 도발적이다.

"아아…… 그런 건가."

백리권은 진자강의 의도를 알아챘다.

목에서 발을 떼고 침을 빼앗아 들었다.

그러곤 그것을 망설임 없이 자신의 왼쪽 손바닥에 꽂았다.

푹!

꽂힌 침이 휘어질 정도로 주먹을 꽉 쥐었다가 펴서 침을
털어 냈다.

진자강은 몸을 굴려서 백리권에게 멀어졌다.

백리권은 성난 표정으로 진자강을 노려보았다.

"그래…… 이것이 연 매의 목숨을 앗아간 그 독이라는
거냐?"

극도로 농축된 독을 썼기 때문에 효과 역시 즉각적이었다.

부글부글.

백리권의 입에 흰 거품이 맺혔다. 눈동자가 흐릿해지고
코에서 피가 흘렀다. 극도로 분노했을 때조차 가지런했던
숨소리가 순식간에 거칠어졌다.

쌔액, 쌔액.

백리권이 피가 밴 거품을 모아 뱉으면서 말했다.

"믿을 수 없을 만큼 맹독이구나. 확실히 이 정도라면 연
매가 당할 만도……."

"미안하지만 아닙니다."

"뭐라고?"

"나는 제갈가의 소저가 무슨 독에 중독됐는지 모릅니다. 그리고 그건 당신이 나를 쓰러뜨린대도 알아낼 수 없을 겁니다."

백리권이 분노하여 눈을 치켜떴다. 너무 황당해서 잠시 간 말을 잇지 못했다.

"감히…… 나를 조롱하다니……!"

백리권은 말까지 더듬거리더니 곧 진각을 밟았다.

쿠웅!

내공을 제대로 끌어 올리기 시작하자 발밑에서부터 소용돌이가 일어나더니 옷이 팽팽히 부풀었다. 소용돌이가 전신을 휘감으며 옷이 펄럭댔다.

"이 정도로 나를 쓰러뜨릴 순 없다!"

내공으로 독기를 틀어막자 호흡이며 몸 상태도 어느 정도 정상으로 되돌아온 백리권이다.

진자강은 재빨리 자신이 숨어 있던 불타는 집 쪽으로 갔다. 그곳 기둥에 박아 놨던 두 자루의 낫을 뽑았다. 불타는 기둥 속에 박혀 있던 낫의 날은 시뻘겋게 달아올라 있었다.

진자강은 낫을 양손에 하나씩 들었다.

그러곤 자세를 낮춰 싸울 준비를 했다.

"간악한 자!"

휙! 백리권의 몸이 흐릿해졌다. 진자강은 이미 백리권의 움직임이 얼마나 빠른지 알았다. 그러나 이번에는 진자강도 다르다.

마지막 세 번째 내공을 끌어 올렸다.

한 모금의 진기로 생성된 내공이 몸 안을 돌면서 점점 큰 수레바퀴가 되어 갔다. 진자강의 우반신에 내공이 퍼지면서 활력이 깃들기 시작했다.

진자강은 눈을 부릅떴다. 오른쪽뿐이지만 내공이 깃든 눈에 백리권의 동작이 보였다. 백리권의 몸이 잔상을 남기면서 다가서고 있었다. 백리권이 우장을 뻗었다.

굉가부곡장(轟歌剖哭掌)!

백리가의 삼절(三絶) 중 하나로 알려진 강력한 장법이었다.

진자강은 허리를 왼쪽으로 틀었다.

우르르르릉!

천둥소리와 함께 백리권의 손바닥이 진자강의 얼굴을 스쳐 지나갔다.

콰— 아— 앙!

불타는 기둥이 박혀 있던 주춧돌까지 함께 뽑혀져 뒤로 날아갔다. 집 한 채의 반 정도가 완전히 구겨져서 터져 나간 것이다. 철갑을 두른 거대한 마차 한 대가 지나간 것처럼 쑥대밭이 되었다.

저 장력에 맞았다면 진자강의 머리가 저 집과 같은 신세
가 되었을 터였다.

헛손질을 한 백리권의 눈이 일그러졌다. 방금의 움직임
은 이제껏 보인 몸놀림과 완전히 딴판이었다.

"이 작자가 실력을 숨기고 있……!"

진자강은 말을 끝까지 듣지도 않고 힘껏 낫을 휘둘렀다.
시간이 날 때마다 수련했던 단월겸도다.

가슴 가운데에서부터 바깥쪽으로.

날카로운 낫이 백리권의 목을 노렸다.

일반적으로 칼을 바깥에서 안쪽으로 긋는 것과는 다른
것이 겸도의 특징이다.

백리권은 낫의 옆면을 쳐 내려다가 손을 멈췄다. 낫이 시
뻘겋게 달아올라 있었기 때문이다.

백리권이 허리를 뒤로 젖혔다. 진자강은 몸을 돌리면서
연속으로 낫을 베었다. 허공에 두 줄기의 빨간 선을 가진
반원이 생겨났다.

단월겸도 이월참격(二月斬擊)!

처음으로 백리권이 공세에서 수세로 몰렸다. 그러나 진
자강이 사용하는 내공은 우반신만 돌고 있다. 오른쪽만큼
왼쪽 공격은 매섭지 못했다.

부웅! 붕!

백리권은 첫 번째와 두 번째 반원이 그려지는 틈의 격차가 벌어진 순간 상체를 흔들어 몸을 빼냈다.

진자강은 발뒤꿈치로 바닥을 찍어 급격히 멈추면서 백리권을 따라갔다. 자세를 낮추고 백리권의 허벅지를 거푸 찍었다.

백리권은 피하지 않고 오히려 발로 진자강의 손목을 차서 튕겨 냈다. 그러면서 왼손으로 진자강의 목덜미를 움켜쥐려고 했다.

한데 백리권의 왼팔이 올라가다가 말았다. 중독된 후에 내공으로 뒤늦게 틀어막은 탓에 왼팔의 움직임이 늦었다.

백리권은 몸을 돌리면서 뒷발로 진자강의 가슴을 걷어찼다. 진자강은 내공이 실린 오른발로 땅을 박차 공중으로 뛰었다. 그러곤 몸을 웅크려 양 발바닥으로 백리권의 발을 막았다.

펑!

진자강은 공중에 떠서 몸이 돌았다. 그러나 오히려 그 회전력을 이용해 낫을 휘둘렀다.

찌익! 백리권의 앞섶이 낫 끝에 걸려서 찢겨졌다.

'아까보다 더 빨라졌다?'

백리권이 눈을 찡그렸다.

진자강이 어깨를 뒤로 돌리며 뒤를 후려치듯 낫을 베었다.

키이잉!

이제껏 들려오지 않던 파공성이 들려왔다. 어슴푸레하게 보일 듯 말 듯한 검기가 낫에 맺혀 있었다. 백리권도 그것까지 경시할 수는 없었다.

백리권은 보법을 밟으며 겸도를 피해 나갔다.

쌔액! 쌔액! 쌔애애액!

진자강은 스스로도 정신이 없을 정도로 몸을 돌리며 낫을 휘둘렀다. 허공에 수많은 선이 그어지고 여러 개의 원이 만들어졌다. 진자강이 몸을 빙글빙글 돌리면서 낫을 휘두를 때마다 원들이 각각의 궤도에 뿌려졌다.

그에 맞춰 백리권의 움직임도 더욱 정교해졌다. 백리권은 이리저리 움직이며 진자강이 전혀 예상치 못한 방향으로 낫을 피해 냈다.

쌍겸을 들었기 때문에 진자강의 공격은 쉬지 않고 이어졌다. 백리권은 쉽사리 허점을 파고들어 오지 못했다.

삭, 사악.

아주 가늘게나마 백리권의 옷자락 끝이 베이기 시작했다.

진자강의 동작이 더욱 빨라지고 있었다.

진자강은 숨이 터질 듯했다. 몸 안을 미친 듯 돌고 있는 내공이 밖으로 터져 나오지 않게 하기 위해 숨을 멈추는 지식법으로 내공을 붙들어 두고 있는 탓이었다.

그러나 기혈이 터지고 찢기는 고통과 숨 막히는 괴로움보다도 훨씬 더 강렬한 무언가가 진자강의 전신을 휩쓸고 있었다.

그것은 목숨을 걸고 전력을 다해 자신의 무공을 극한까지 펼칠 때에 얻을 수 있는 작은 희열이었다. 객장에서 조심조심 동작을 연습하던 때에는 알 수 없었던 것, 실전에서 마음껏 초식을 퍼부었을 때에만 느낄 수 있는 상쾌함.

진자강은 밀려드는 쾌감에 몸서리를 쳤다. 자신의 한계를 한 단계 뛰어넘었다는 걸 깨달을 수 있었다.

하지만 몽롱한 상태에서 정신을 놓은 순간.

백리권의 발이 진자강의 배를 걷어찼다.

퍽!

진자강은 뒤로 밀리면서 엉덩방아를 찧었다.

하지만 이번에는 백리권도 주춤거렸다. 진자강의 몸 안을 미친 듯이 돌고 있는 내공의 반발력에 밀린 것이다.

백리권은 다리를 낫에 긁혀서 종아리부터 무릎까지 길게 옷이 찢겨 있었다. 달아오른 낫의 날에 긁힌 살은 불에 지져져서 피도 나지 않았다.

"후욱…… 후욱……."

백리권이 숨을 골랐다. 초반에 발발한 독기가 백리권의 체력을 쉬지 않고 갉아먹는 중이었다.

진자강은 눈으로 흘러드는 피를 닦아 내며 일어섰다. 몸 안에서 도는 내공이 제어하기 힘들 정도로 크게 휘몰아치고 있었다. 몸이 들썩대며 떨리기 시작했다.

드르륵. 드르륵.

진자강의 오른발 아래에서 자잘한 모래 알갱이들이 내공의 진동에 의해 튀기 시작한다.

따닥따닥.

이빨까지 자잘하게 부딪쳤다.

수레바퀴의 회전이 최고 속도에 도달했다. 백리권이 외부에서 가한 충격 때문에 수레바퀴는 훨씬 더 불안정해졌다. 터지기 일보 직전이다.

조금만 더 지나면 내공이 진자강의 몸을 완전히 붕괴시킬 수도 있었다!

진자강을 바라보는 백리권의 눈이 일그러졌다.

"사공(邪功)을 익혔군."

처음엔 내공을 사용하지 않다가 내공을 쓰기 시작하면서부터는 점점 더 빨라지기 시작했다. 진자강은 싸움이 계속될수록 강해지고 있었던 것이다.

그리고 지금은 그 강함이 거의 최고조에 이른 듯 보였다.

"생각보다 멍청하구나. 그런 수법은 스스로의 몸을 해칠 수밖에 없다."

진자강은 대답조차 할 수가 없었다. 입을 여는 순간 머리가 터져 버릴 것 같았다.

"사공을 익혔다는 것. 그것만으로도 네놈이 죽어야 할 이유는 충분하다."

백리권은 자신의 가슴에서 흐르는 피를 손가락으로 훑은 후, 그 피를 은장도에 묻혔다.

그러고 나서 그 작은 은장도를 소중한 듯 품었다가, 오른 손으로 자루를 쥐고 팔을 늘어뜨렸다.

순간, 은장도의 날에 서늘한 기운이 어리며 투명한 줄기가 두 뼘가량 뻗어 나왔다.

"후욱후욱."

백리권은 호흡을 골랐다가 다시 한 번 기운을 끌어 올렸다.

"이야아앗!"

도기의 투명한 기운 위에 재차 청명한 빛이 입혀졌다.

맑은 호수에 하늘의 청명이 담긴 듯, 그 영롱함은 일견 아름답기까지 했다.

천인신검(天人神劍).

진자강은 더 이상 기다릴 수가 없었다. 힘을 쓰지 않으면 몸이 갈기갈기 찢겨 나갈 것 같다.

진자강이 온 힘을 다해 백리권에게 쇄도했다.

백리권이 은장도를 사선으로 그었다. 진자강은 낫으로 은장도의 도기를 가로막았다.

카가각!

낫의 날과 은장도의 도기가 부딪치면서 불꽃이 튀었다. 진자강은 여타의 검을 상대할 때처럼 도기에 낫을 걸고 쭉 밀어 올렸다.

카라라락!

겨우 한 뼘을 밀어 올리는 동안 낫의 날이 반이나 패었다. 도기의 강도 차이가 여실히 드러났다.

백리권이 힘을 주어 팔을 치켜들자 낫은 여지없이 동강 났다. 진자강은 낫을 백리권에게 던져 버리고 동시에 왼손에 들고 있던 낫을 오른손으로 옮겨 쥐었다. 몸을 회전시키면서 다시 한 번 이월참격으로 크게 베었다.

백리권은 은장도의 도기를 몇 번이나 부딪쳐서 진자강의 기세를 확 줄여 버렸다.

타타탓.

낫은 이곳저곳 이가 나가고 날이 갈렸다. 그러나 백리권의 도기는 전혀 줄어들지 않았다.

푸욱!

은장도의 도기가 진자강의 왼쪽 어깨를 꿰뚫었다. 등 뒤로 도기가 뚫고 튀어나왔다.

진자강은 낫을 역으로 들고 아래에서부터 위로 추켜올렸다. 백리권의 턱을 찍어서 뇌까지 꿰뚫어 버리려는 듯했다.

　"담대하지만."

　백리권은 진자강의 어깨에서 은장도를 뽑으며 왼쪽 팔꿈치로 진자강의 관자놀이를 쳤다.

　퍽! 진자강의 눈동자가 흔들리며 진자강이 앞으로 고꾸라졌다. 그러면서도 진자강은 끝까지 백리권의 발등을 낫으로 찍으려 했다.

　"거칠고."

　백리권이 무릎으로 진자강의 배를 걷어 올렸다. 진자강의 몸이 땅에서 떠올랐다. 잇새로 피와 침이 샜다.

　백리권이 왼손으로 진자강의 등 뒤 허리띠를 잡고 힘껏 들었다가 바닥으로 눌러 버렸다.

　"투박하군."

　쾅!

　진자강은 엎어진 채로 바닥에 충격했다. 하지만 최후의 순간에 낫을 놓고 양손으로 바닥을 짚으며, 무릎으로 땅을 치고 버렸다. 이를 악물고 손목과 무릎이 부서지는 듯한 고통을 참으며 땅을 박차고 몸을 튕겨 올렸다.

　온몸의 무게를 싣고 내공의 힘까지 더해 백리권을 몸으로 들이받았다. 백리권이 왼손으로 진자강의 어깨를 눌렀다.

진자강은 눌린 어깨를 아래로 내리며 옆으로 돌아서서 팔꿈치로 백리권의 명치를 찍었다.

한데 백리권의 명치를 찍었음에도 충격이 거의 없었다.

부웅…….

백리권은 몸에 힘을 빼고 깃털처럼 가벼워져서 친 만큼 부드럽게 밀려났다. 벽처럼 단단했던 아까와는 달랐다. 백리권은 전혀 충격이 없는 채로 은장도를 휘둘렀다.

파팟.

진자강의 가슴이 십자로 갈라졌다.

촤악!

피가 터지듯이 솟구쳤다.

진자강의 눈이 크게 떠졌다.. 눈동자는 극도로 축소되어 점처럼 줄었다.

그런데도 이를 악물고 신음 소리 하나 내지 않았다.

진자강은 끝끝내 팔을 뻗어 백리권의 팔뚝을 움켜쥐듯이 붙들었다.

"하찮은 짓을."

백리권의 조소에도 불구하고 진자강은 온 힘을 다했다.

투툭, 우반신의 실핏줄이 터지며 피가 새었다. 눈알마저도 시뻘겋게 물들었다.

포롱박!

진자강의 손끝이 백리권의 팔뚝을 파고들 것처럼 살을 밀어냈다. 그러나 피부는 뚫어도 근육까지 들어가지는 못했다. 백리권의 팔뚝이 돌처럼 딱딱하게 굳었다.

진자강의 손톱이 깨지며 거꾸로 뒤집혔다. 진자강은 이가 부서져라 악물었으나 더 이상 손가락이 파고들지 못했다.

"이제 다한 건가?"

몸서리가 쳐질 정도로 차가운 백리권의 목소리가 들려왔다.

좀처럼 포기하지 않는 진자강의 눈에도 다소의 허탈함이 깃들었다.

상대는 너무 강했다. 꿈쩍도 않는 거대한 철문 같았다.

반대로 자신의 기혈은 이미 만신창이.

가슴에는 깊은 상처로 출혈이 계속되고.

손가락은 손끝이 뭉개져서 엉망.

이자는 어렸을 때부터 정도를 밟으며 제대로 배운 자다. 진자강이 얼추 배운 무공으로 이길 수 있는 상대가 아니다.

그러나 진자강은 한 번 더 마지막 힘을 끌어냈다. 한 모금의 호흡으로 최후의 내공을 일으켰다.

몸 안에서 기혈이 터지면서 충격이 있었다.

'힘을!'

진자강은 남은 독기를 모두 실어서 내공을 쏟아 부었다.

"으아아아!"

분수전탄!

백리권의 팔뚝을 잡은 채로 엄지를 튕겨 지풍을 쏘아 낸 것이다. 백리권은 눈을 부릅떴다. 쓰러져도 이상하지 않을 정도로 엉망진창이 된 상태에서 지풍을 쏠 줄은 생각도 못 했다.

백리권은 머리를 움직여 피했다. 눈을 향해 날아오던 독지가 아슬아슬하게 오른쪽 눈썹 위에 적중했다.

퍽!

백리권은 분노하며 팔을 들었다. 진자강이 딸려 올라왔다. 백리권이 힘껏 팔을 휘둘러 진자강을 내팽개쳤다.

이미 모든 힘을 다 쓴 진자강은 허수아비처럼 널브러졌다.

"이것이었구나. 연 매의 몸에 남아 있던 독지의 흔적이."

으드드득.

백리권은 이를 갈았다. 진자강의 목을 움켜쥐고 다시 공중으로 진자강을 들어 올렸다가 팽개쳤다.

쿠당탕!

진자강은 더 이상 대항할 기운이 없었다.

"쿨럭!"

가슴에서부터 흘러나온 피가 금세 바닥에 고이기 시작했다.

진자강이 핏물 속에서 꿈틀대는 모습을 본 백리권이 경멸의 표정을 지었다.

진자강의 머리카락은 반이나 탔고 전신 살갗은 화상에 물집투성이였으며 사공을 사용한 부작용으로 인해 기혈의 곳곳이 터져 피가 새어 나오고 있었다.

그야말로 끔찍하면서도 처참한 모습.

하나 백리권에게는 추하기 짝이 없어 보였다. 사공을 쓰는 자의 당연한 최후였다.

"추하구나. 너는 많은 사람들을 잔인하게 학살하였으면서 스스로는 그렇게까지 해서 살아남으려 하다니."

백리권은 은장도를 들어 진자강의 목을 갈라 버리려 했다.

"죽어라."

그런데 백리권이 주춤거렸다. 왼쪽과 오른쪽 눈동자의 동공 크기가 달랐다. 초점이 제대로 맞지 않았다.

독지를 눈 위에 맞아 눈에 이상이 온 것이다. 독지는 백리권을 쓰러뜨릴 만큼 독하지 않았으나 부위가 좋지 않았다.

백리권은 내공으로 독기를 억제하고 있었으나 계속 싸우고 있었기 때문에 완벽하게는 막지 못했다.

백리권은 고개를 세차게 흔들어 털더니, 품에서 기름종이를 꺼냈다. 그리고 그 안에 든 환단을 꺼내 입에 머금었다.

진자강은 바닥에 머리를 처박은 채 백리권을 쳐다보고 있었다. 분명히 생기가 꺼져 가고 있는데도 여전히 눈빛은 또렷하다.

백리권은 한동안 길게 호흡을 하며 몸을 추스르고는 진자강을 쳐다보았다. 진자강의 눈빛을 본 백리권은 죽이려던 생각을 잠시 그만두고 물었다.

"너는, 네가 죽인 자들의 얼굴과 이름을 기억하고 있느냐?"

진자강은 뜻밖의 질문에 잠깐 의아함이 생겼다.

그런 질문을 받을 거라고는 생각하지 못했다.

그것은 마치, 사람을 마구 죽이고 다니는 살인귀에게나 던질 법한 질문이니까.

그때 진자강은 깨달았다.

아아, 저들에게는 자신이 살인귀나 다름이 없겠구나.

자기를 그렇게 보고 있구나.

진자강은 눈을 감았다가 떴다. 진자강의 혈안에 진득한 살기가 어렸다.

"적어도…… 당신은 기억해…… 드리죠."

백리권은 어이가 없어 웃었다.

"그 꼴이 돼서 아직도 허세를."

그러나 진자강 역시 마주 웃었다.

피 묻은 송곳니를 드러내면서.

그건 마치 죽기 직전까지 백리권을 물어뜯고 놓아주지 않을 것처럼 호랑이가 송곳니[虎牙]를 드러낸 듯한 모습이었다.

"장담하건대, 내가 당신보다는…… 오래 살 겁니다."

진자강은 이미 백리권의 눈 밑에 푸른 기가 도는 것을 보고 있었다.

〈다음 권에 계속〉